吉祥寺の朝日奈くん

中田永一

JN282504

祥伝社文庫

目次

交換日記はじめました！

1

さっきまで、テレビでハレー彗星《すいせい》のニュースをやっていたから、だらだらと見てしまった。そういえば学校でも、科学部の先生が彗星の話をしていた。科学部の先生は、一昨日《おととい》に起きたスペースシャトル爆発事故で落ちこんでいたけど、ハレー彗星の話をはじめると元気になった。

明日は、体育でサッカーをやる。遥《はるか》の教室から、運動場は見える?

1986.1.30　圭太《けいた》

私の席は窓際だから、運動場がよく見えます。体育の授業、見えました。ジャージがとてもよく似合っていました。

ハレー彗星の写真が、今日もテレビで紹介されていました。ほうき星というやつですね。光の尾を宇宙空間にひきのばしながら、今も私たちの頭上を飛んでいるのかとおもうと、壮大なきもちになります。

1986.1.31　和泉《いずみ》遥

今日はいっしょに帰れなくてごめん。

せっかくの土曜日だったのに、東京に住んでいる親戚が、うちにあそびにきているから、はやく帰らなくてはいけなかった。父の車に乗って、みんなで食事に出かけたよ。

遥は東京に行ったことある？　うちの親戚は、東京で何度も芸能人とすれちがったことがあるらしい。

そういえば、今月中に『Dr.スランプ　アラレちゃん』のアニメが終了するという噂《うわさ》を聞いた。時々、見ていたから残念だ。

1986.2.1　圭太

昨年、家族で東京に行ってきました。高いビルがたちならんでいておどろきました。東京ディズニーランドであそんできました。たのしかったけど、妹の有紀《ゆき》が迷子になってしまい大変でした。ちなみに妹は現在、中学二年生です。なまいきなエピソードがたくさんあるので、今度、話を聞いてください。

そういえばうちのクラスに、「将来は東京で生活したい」と話している女の子がいます。そういう選択もありなのかと、おどろきました。私は無意識のうちに、「きっと自分はエスカレーターのある建物がひとつもないというこの町で人生を送るのだろうな」とかんがえていたからです。

『Dr.スランプ　アラレちゃん』が最終回になるという話、私もしっています。でも、安心してください。おなじ作者さんのマンガ、『ドラゴンボール』の放映がはじまるからです。私はこの原作の大ファンです。何冊かコミックスを持っているので、今度、貸します。ぜひ読んでみてください。

今日は節分ということで、家で豆まきをしました。

そういえば、明日でちょうど三週間ですね。はやいようで、あっという間でした。圭太に保健室まではこんでもらったのが、遠い昔のようです。あのときの頭の傷は、もうすっかりなおりました。

1986.2.3　和泉遥

遥には妹がいたのだと聞いておどろいた。そういえば僕たちは、まだおたがいのことを、ほとんどなにもしらないのだ。

頭の傷は、きれいに完治してよかった。学校の階段を落ちる遥の姿が、今も目に焼きついているよ。あれからもう三週間がたったのか。

『ドラゴンボール』のコミックス、貸してくれてありがとう。今日、遥と話をしておもったけど、きみはマンガが好きなんだな。お返しに今度、おすすめの小説を持って行く。感想を聞かせてほしい。

科学部が、日曜日の夜に部員をあつめて、学校の屋上で天体観測をするらしい。その日は新月だ。月がじゃまをしないから、星がよく見えるのだそうだ。ハレー彗星をながめるそうだよ。僕も参加するのだけど、遥も来る？

1986.2.4　圭太

帰り道で食べたお好み焼き、おいしかったです。またおすすめの店をおしえてください。いっしょに寄り道しましょう。

圭太が貸してくれた小説、これから読んでみます。『世界の終りとハードボイルド・ワンダーランド』という題名は素敵です。昨年、出版されたばかりの本なんですね。でも、私はマンガ以外の本をあまり読んだことがありません。最後まで読み通せるのか心配です。

科学部の天体観測、ぜひ参加したいです。部員でもない人間が参加してもいいのでしょうか。

1986.2.6　和泉遥

遥のために、僕が本で得たハレー彗星についての知識をいくつか書いておこう。

この彗星の存在は大昔からしられていたらしい。

ハレー彗星は約七十六年周期で地球に接近する。前回、ハレー彗星が接近したのは一九一〇年のことだが、このとき世界規模で大騒動がおきた。地球がハレー彗星の尾のなかを通過することになったからだ。

ハレー彗星の尾には有毒のシアン化合物がふくまれている。世界中の大勢の人が、シアン化合物で死んでしまうんじゃないか？　そんな噂がひろまったらしい。

もちろん、そんなことにはならなかった。彗星のガスはとてもうすいから、シアン化合物は地球の大気にはばまれて、地表に到達しなかったのだ。

学校から帰宅して、ハレー彗星の本をすこしだけ読んでみたんだ。九日におこなわれる天体観測の予習だ。僕も正式には科学部の部員ではないから、遥が参加してもだいじょうぶだとおもう。

1986.2.7　　圭太

もうやめようかとおもったけど、やっぱり書くことにします。こうしてノートに日記を書くのは何日ぶりでしょうか。せっかくのバレンタインデーなのに、チョコレートを用意しなくて、ごめんなさい。

天体観測をした夜から、私は頭の中でもやもやとかんがえつづけました。この数日間、会うのをさけていました。圭太の気配を感じたら、廊下を逆戻りして、女子トイレに逃げこみました。曲がり角や、消火器のかげにかくれました。

あの夜は、雲がなくて、星がきれいに見えましたね。校舎の屋上にあがると、低い建物しかないこの町が、遠くまでひろがっていました。田んぼや畑が多いから、地面は真っ暗な海みたいでした。

闇《やみ》の中に白い尾をひいて、その星は、孤独に長い旅をつづけていました。

最初にあの彗星を見つけた人はすごいですね。多くの星のなかから、どうやって、特別なひとつを見つけられたのでしょうか。

途中まではたのしい夜でした。ハレー彗星のことを科学部の先生から教わったり、科学部の部員ともなかよくなったりしました。寒くてこごえそうだったけど、みんなでストーブを屋上まではこんで、まわりにあつまって暖《だん》をとったりして、そういったことが全部、いいおもいでになりそうです。

科学部に二年生の女子の部員がいますよね。

他の方に名前をうかがったところ、鈴原《すずはら》さん、という方だとしりました。

髪の長い、とても綺麗《きれい》な人です。

もしも私が、いつのまにか屋上からいなくなっている圭太に気づかないで、探しにもいかず、あのまま星を見ていたら。

私は、お二人の関係をしることもなかったでしょう。

帰宅して鞄《かばん》を開けてみたら、このノートがはいっていた。いつのまにか僕がいない間に、遥が入れたんだね。この数日間、避けられているのはなぜだろうとおもっていたが、鈴原万里《まり》のことが原因だったのか。

僕と彼女の関係は、きみが想像しているようなものではないよ。

天体観測の夜、話をしたいと彼女にさそわれた。人のいない教室に移動して、僕たちは机の天板にならんで腰かけた。でも、世間話以外のことはしていない。

このノートは、月曜日に遥の靴箱にいれておく。ほんとうは手渡しして事情を口で説明したいけど、きみは僕のことを避けるかもしれないから。

1986.2.14　和泉遥

1986.2.15　圭太

今はまだ、圭太と会う勇気がありません。

あの夜、私が教室をのぞいたとき、圭太と鈴原さんはキスしていたように見えました。

あれは見間違いだったのでしょうか。

1986.2.17　和泉遥

教室の蛍光灯《けいこうとう》をつけずに話していた。きみに見えたのは、星明かりにてらされた、僕たちのシルエットだけだったはずだ。ならんで机に腰かけていた影が、かさなって見えたせいで、キスしているように見えたのだろう。

1986.2.18　圭太

和泉遥さんへ。

私はあなたに事情を説明しようとおもってこの文章を書くことにした。二人だけの世界がつづられる交換日記という場所に、第三者が乱入することを許してほしい。

申し訳ないけどあなたと圭太のやりとりを読ませてもらった（あなたたちにならって彼のことは圭太と呼ぶことにしよう）。私には納得のいかないことが書いてあった。でも、そのことを書く前に、どのような経緯で私がこのノートを入手したのかについて説明しておこう。

それは本日、二月十九日、水曜日の早朝のことだ。いつもなら寝ているような時間に私は目が覚めた。兄が私の部屋のドアをつよくノックしたせいだ。ねぼけまなこの私にむかって、兄はとりみだした様子で新聞のテレビ欄《らん》をつきつけた。夜七時のところを見ると『Dr.スランプ（終）』と書いてある。今日が最終回なのだ。こんなにかなしいことはない。私はすっかり眠気がふきとんだ。私がいつもより早起きしたのは、つまりこのような理由があったせいだ。

せっかく早起きしたのだから、普段よりも一時間はやく学校に来てみた。この季節の早朝といったら、寒くてうす暗かったけど、人のまばらな学校というのはたのしい。自転車を駐輪場にとめて校舎の玄関にむかっていたら、圭太があるいていた。

彼はこんな時間に学校へ来てるんだ、と感心した。

ちかづいておどろかしてやろうとおもった。

でも、様子がおかしかった。

圭太は、人目を気にするようにあたりをうかがいながらあるいていた。いったいどうしたのだろう、とおもって私はものかげにかくれて観察した。彼は一年生の下駄箱の前でたちどまった。鞄からなにかを取り出して、下駄箱のなかにそっとさしこむと、足早にたちさった。いったいなにを下駄箱に入れたのか、遠目だったし、うす暗かったから、わからなかった。

私は興味がわいた。圭太がいったい何をしていたのか。彼がもどってこないのを確認すると、さっそく下駄箱をチェックした。うちの学校の下駄箱には、一足ずつ入れるスペースに扉がついているでしょう？　あれを開けたら、ごくふつうの大学ノートが入っていた。

まあつまり、私はこんな風にしてこのノートを手に入れたわけだ。

中身を読んで、私は心底むかついた。圭太に対する怒りがわいた。

シルエットがかさなっていたから、キスしているように見えた、というのはウソだ。遥さん、だまされないで、と言いたい。

昼休みの科学部部室で私はこれを書いている。友人や後輩が、私の険悪な表情を見て、話しかけてこない。

しまった。もう昼休みがおわってしまう。

圭太と私のことをあなたに教えようとおもって書きはじめたのに、ノートを入手した経緯をくわしく説明しすぎたようだ。これからが本番なのに……。

1986.2.19　鈴原万里

圭太へ。今までありがとうございました。

たぶん、私が圭太に日記を書くのは、これで最後になるでしょう。

今日、放課後の教室に鈴原さんがやってきて、いっしょに帰ることになりました。あいている間中、無言でいる私に、ほとんど初対面の鈴原さんが、かいがいしく話しかけてくださいました。

でも、彼女が鞄からこのノートを取り出したときは、視界が真っ暗になりました。私と圭太の、二人だけの秘密であるはずの日記が、なぜ鈴原さんの鞄に入っているのか、わけがわかりません。

途中の公園で休みながら、鈴原さんが言いました。

「日記で伝えようとおもったけど、やっぱり面と向かって話をしようとおもってね」

鈴原さんは、天体観測の夜のことや、圭太との関係について教えてくださいました。この数日間、覚悟していた話でした。圭太のことを信じたいけど、だめでした。

短い時間でしたね。それでも、奇跡が起きたようにおもえました。ありがとうございました。

1986.2.19　　和泉遥

ほんとうのことを言うと、ずいぶん前からこのノートをのぞき見していたわけですが、姉がショックをうけるかもしれないので、ずっとだまっていました。私は和泉有紀という名前で、遥とは姉妹の関係です。中学二年の女子です。

圭太さん、あなたがどのような方なのか、いまだに私はしりません。写真を見せてとたのんだけれど、姉の遥は軟体《なんたい》動物のように「デレッ」としたきもちのわるい笑みをうかべて、のらりくらりと逃げるだけでした。生まれてはじめて人とおつきあいしている、交換日記までやっている、とは聞いていたものの、いったいどこの酔狂《すいきょう》が遥とつきあっているのかと不思議でした。もしかしたら全部、遥の妄想なんじゃないか、日記も遥が一人二役で書いているのじゃないか、とうたがったものです。でも、日記をこっそり読んでみたところ、圭太さんの字には、遥の字にはない知性を感じたので、これはたしかに遥以外の人物が日記を書いているのだ、と胸をなでおろしたものです。

それにしてもあの遥がこんな風に文章を書いているなんて、恋の力というのはおそろしい。文章をひねり出すのにいつも夜遅くまでうなっていました。もともと本を読まない姉ですが、マンガのおかげでしょうか、人並みの日記が書けていることにおどろきます。

ちなみにディズニーランドで迷子になったのは遥です。私ではありません。ずいぶん前の日記に「妹の有紀が迷子になった」などと書かれてありましたが、あれは遥の見栄《みえ》です。当時、私は十三歳、遥は十五歳、迷子になっていい年齢はすぎていましたが、遥のやつ、ドナルドダックを見つけるとカメラをもって走っていき、そのまま人混みのなかから帰ってこなかったのです。そんなにアヒルのお尻がいいか、とあきれます。私と両親が、迷子になっていた遥を見つけたとき、すっげー泣いてました。そんな姉です。

まあそれはいいとして。圭太さんの貸してくれた小説『世界の終りとハードボイルド・ワンダーランド』を読みました。正確には、遥に読まされました。はい、そうですね。圭太さんが遥に貸したものを、なぜ私が読んでいたのか、おかしいですよね。

遥はなにをやっても長続きしない人で、これまでも数多くのものを途中で投げ出してきました。ピアノ、水泳、習字、そろばん、ルービックキューブ、ジグソーパズル、そして今回もそうでした。好きな人がすすめた本だからと、最初はやる気に満ちた態度で読みはじめたものの、二十ページくらい読んだところで力つきて寝てしまい、その後は『ガラスの仮面』のコミックスをずっと読み返していました。

そんなある日のこと、「有紀ちゃん、おもしろい本があるよ！」などと言いながら私に問題の小説をおしつけてきました。読み終わったら、内容をかんたんに教えてほしい、感想も聞かせてくれ、と言われました。その本が圭太さんのものだったとしったのは、日記をぬすみ読みしたときです。

遥は圭太さんとの話題作りのために、小説を読んだということにしたかったのでしょう。読むのが億劫《おっくう》だから、私にかわりに読ませ、感想を聞き出し、それをまるで自分が感じたことのように圭太さんとの会話で披露《ひろう》するという、そんな計画だったのでしょう。おろかな姉をおゆるしください。

だけど、あの小説はとてもおもしろかったです。クールでした。姉はもう、圭太さんと交換日記をつづけるつもりがないようなので、結局、私は読まなくてもよかったんじゃないかという気がしますが、せっかくだから感想をつたえたいとおもいました。そうしないと、なんだか不毛《ふもう》なもので。だから、姉が朝起きる前に、こうして日記に書いておこうとおもったわけです。遥があなたにノートをわたすとき、私が書いたこの文章に気づかないといいです。このページをやぶりすてるおそれがあります。

私はあなたに対してあまり怒っていません。相手をだましていたのは姉もいっしょですから。日記に書いている姉の文章、あれは猫をかぶっています。ほんとうの姉は、もっと怠惰《たいだ》で、どうしようもないやつです。
ちなみに遥とはおなじ部屋で寝起きしています。私は遥の鞄からこっそりノートをぬきとって、自分の勉強机でこの文章を書いています。遥の勉強机は物置きとなっており、マンガが雑多《ざった》につみあげられていて、使用できません。今現在、朝の八時です。遥はパジャマ姿でまだベッドにねころがっています。もうそろそろ起きたほうがいいんじゃないでしょうか。遅刻するんじゃないでしょうか。まあ、ここ最近、夜も眠れないほどなやんでいた様子なので、そっとしておきましょう。マヌケなところが多々ありますが、愛すべき姉です。遥にも、いつの日かいい相手が見つかってほしいものです。無数の星から、特別なひとつを見つけるように、それは大変なことだとおもいますが……。

1986.2.20　和泉有紀

2

ボールペンを拝借《はいしゃく》しました。メモ用紙のかわりになるものがなかったので、これに走り書きしておきます。

このノートをうちの息子がひろってきたのは一昨日のことでした。

場所は銀杏《いちょう》の並木道のあたりです。

引っ越し業者のトラックが目の前を通りすぎたそうです。

石をふんだのか、ガタン、とトラックがゆれた瞬間、荷台の荷物の間からこのノートが飛び出して、道ばたに落ちてしまった。トラックはそれに気づかないで行ってしまい、息子がひろって持ち帰ってきた。

以上が事の顚末《てんまつ》です。

1990.11.15　久米田良子《くめたよしこ》

お巡りさんがこのノートを持ってきてくださったよ。

最初のうち、東京であなたたちがなにか悪いことにまきこまれたんじゃないかとおもいました。だって、お巡りさんが玄関にたって、あなたたちの名前を言いながら「こちらにご在宅でしょうか?」なんて聞くものだから。

久米田さんという方が、このノートを交番に持ってきてくださったみたいよ。お巡りさんが名簿をしらべて、うちのものなんじゃないかって、わざわざ届けにきてくれたの。

遥、ごめんね、お母さんは日記を読んでしまいました。はずかしいでしょうけれど、がまんして。でも、書かれてあることのほとんどは、何年も前に有紀から聞いてたし、はずかしがらなくていいとおもうよ。

ところでこのノートは、引っ越しのトラックから落ちたみたいだけど、あなたたちがこの町を出たのは半年以上も前のことだよね？

もしかしたら圭太くんがずっとこのノートを持っていて、最近、引っ越すときに落としたのかもってかんがえたのだけど。彼のことはうちでは何年間も禁句だったじゃない？お母さんは彼が何年何組の生徒だったのかも、どこに住んでいたのかもしらないし、遥は絶対にしゃべらなかったし、彼の姓もわからない。どうして彼だけ苗字《みょうじ》が書かれてなくて、名前だけなの？

まあ、いいか。とにかくこのノートは、そっちに送ることにしたよ。

年末年始はうちに帰ってくる？　お父さんがさびしがっているので、ぜひ帰省してください。有紀、大学生活は、もう慣れた？　東京での生活は、お母さんにはどんなものか想像つかないけど、たのしいものだといいね。お母さんは、先月からはじまった『渡る世間は鬼ばかり』というドラマにはまってるよ。

あ、書き忘れていましたが、このノートはお父さんには見せていません。女たちの秘密にしておきましょう。

1990.11.25　　お母さんより

姉へ。

さっき母から段ボール箱がとどいたので、開けてみたら、缶詰《かんづめ》やインスタントラーメンなどの食料が入っていた。こんなの東京でも売ってるのに！　とおもいながら箱をあさっていると、底のほうにこのノートが入っていたんだ。

おもわずさけんでしまったよ。お隣に聞こえてないといいな。だってあまりになつかしかったものだから。このノートは、あのノートじゃないか。

ほんの一時期だけど、遥にもいたんだっけね、彼氏が。遥の人生のピークじゃない？

あれからもう四年がたつんだね。

今晩、飲み会があるからおそくなる。未成年だからお酒はのまないけど。いつもみたいにご飯をつくってあげられないから、母の送ってくれたインスタントラーメンがさっそく役にたつね。

1990.11.29　和泉有紀

妹へ。

四年前の文章を読み返していると、あまりのはずかしさに、肌にぶつぶつができて、じっとしていられません。

私と圭太の交換日記に、なぜ大勢の他人が参加して書いているんですか。二人だけの世界がめちゃくちゃです。

　母が書いている通り、このノートはずっと圭太が所持していたにちがいないです。彼はこのノートを押入れにでもしまいこんで、わすれてしまっていたのでしょう。

　有紀が、私の寝ている間に、勝手に日記を書いていたこと、今までしりませんでした。彼にかくしていた、あんなことや、こんなことを、よくもばらしてくれましたね。ひどいです。

　でも、今の私には、正面きってあなたを責めることができません。私のようなダメな人間が、だれかに意見するなんて、おそれおおいことです。大学にも行かず、就職もせず、バイトをはじめても三日でやめてしまう、実家からの仕送りを勝手につかいこんで伊勢丹《いせたん》の紙袋がなぜかふえている、こんな私のような人間が彼氏をもつなんて千年はやかったのです。そういえば書店のバイトは先週やめてしまいました。今はお弁当屋ではたらいています。

　勉強やサークル活動にいそしむあなたのことがまぶしくてしかたない。大学の友だちと京都に小旅行をするあなたのことを姉は正視できません。だって、あなたの姉が最近、話しかける相手といったら、お弁当に入っている緑色のビニールのアレくらいなんだもの。

　こんな煤《すす》けた姉を明大前《めいだいまえ》のアパートに居候《いそうろう》させてくれる、心優しいあなたを責めるわけにはいきません。私は過去をふりかえらない女になります。このノートは近日中に処分することにしましょう。

ビデオに録画した『タモリ倶楽部《くらぶ》』を見ながら有紀がもどってくるのを待ってたけど、眠くなったので、先に寝ています。タモリさんの鉄道の話を聞いて、あなたの姉は、やさしいきもちになりました。おやすみなさい。

1990.11.29　和泉遥

いっしょに朝食をとったのはひさしぶりだったね。天気もいいし。さしあたってやることがないので、文章を書いてひまつぶしをしよう。

今朝、寝起きの顔でむかいあって話しあった通り、このはずかしいノートは処分してしまったほうがいいかもね。それまでは連絡帳がわりにしよう。空白のページがもったいないし、環境のことをこれからもっとかんがえなくてはいけないから。

実家でなにもせずにくすぶっていたあなたが、一念発起《いちねんほっき》して上京してきたことは、うれしくおもっている。私がお盆に帰省したとき、遥は私に聞いたね。「東京でだれか芸能人にあった?」と。「ユニコーンの奥田民生《おくだたみお》さんが歩いてるのを見たよ」と答えると、あなたは異様に目をかがやかせていた。もしかしたらあのとき、東京で暮らすという選択肢に心がかたむいたのではないか、と私は今さらになってかんがえている。

ごめん、あれは嘘だったんだ。民生がその辺をあるいてるわけないじゃないか。

お弁当屋のバイト、今度はがんばってつづけてほしい。貯金してスーパーファミコンを買おう。

いつも遥は、友だちや話し相手がいないって言うけど、部屋でマンガばっかり読んでいるからだ。

ビデオのタイマー録画予約、どれか消してもいいかな？　だってもう「予約がいっぱいです」って表示されて受け付けないんだ。チェックする深夜番組、減らしたら？

スキーサークルの先輩から、ディズニーランドのペアチケットをもらった。今度、いっしょに行こう。遥はもう二十歳なんだから、ドナルドダックを追いかけて迷子になるのはやめようぜ。

1990.12.2　　和泉有紀

今日、電車の中で痴漢にあいました。はやく有紀にグチを言いたいです。部屋に一人きりでいるのはさびしいから、ノートに書いて気をまぎらわせてます。

ところで今日、痴漢されながらぼんやりおもったことがあります。

私、マンガ家になろう。

マンガ家になれば自宅で仕事ができる。外に出なくてすむので痴漢にもあわない。それにマンガは、私にとっての唯一《ゆいいつ》の趣味。他の仕事はとちゅうであきらめても、マンガのこ

となら がんばれそうな気がします。
そういえば小学生のころ、有紀とふたりで、少女マンガの落書きをしてよくあそびましたよね。目の中にいっぱい星とか描いたよね。

1990.12.7　和泉遥

友だちから急に呼び出しがあった。夜まで帰らない。
焼きうどんが冷蔵庫に入ってる。夕飯にそれを食べて。
ハーゲンダッツは私のだから、食べたらコロス。
このまえの写真、プリントしといたよ。
遥とグーフィーのツーショットがうまく撮れてる。
おまえたち、ねむそうな顔がそっくりだ。

1990.12.17　和泉有紀

本当なら今ごろはたらいている時間ですが、新宿《しんじゅく》の喫茶店でノートに書き物をしています。
昨晩、有紀に言えなかったことがあります。お弁当屋のバイトを、やめてしまいました。何をやっても長続きしませんね。自分がいやになります。

やめた理由は私にもわかりません。職場でなにか問題があったというわけではないのです。前日まではふつうだったのに、翌日、目がさめたら突然、どうにも行きたくなくなっているのです。体が職場までの道のりを拒否するのです。そして、もしも無理矢理に職場へ行こうものなら、なにかいやなことが起きるという気がしてならないのです。また、あたらしいバイト先をさがします。でも、不安だらけです。

一生、このままだったらどうしよう。そうかんがえてしまいます。だって、有紀もいつか結婚するでしょう？　たぶん、私よりもさきに。そのとき私が東京にのこるのか、実家にもどるのか、わからないけど、定職にはついていないとおもう。話し相手は、実家の両親だけ。おばさんになってもバイトで生計をたてて、生きていくのだろうか、などと想像します。

家にいたらかんがえこんでしまって、どうにかなってしまいそうなので、街に出てみました。新宿は、いつ来ても、人がすごいですね。昔は、自分が新宿の街をあるくなんて想像もしませんでした。テレビの中の世界だとおもっていました。

今はもうだいじょうぶです。映画を観て、家に帰ろうとおもいます。猫にも餌《えさ》をあげてないしね。有紀が結婚して、私一人になったら、あの野良《のら》猫を飼ってしまおうかな。

有紀、いつもありがとう。迷惑ばかりかけてごめんなさい。いつもくだらない話ばかりしてごめんなさい。私もつよくなりたい。

1990.12.20　和泉遥

3

昨日、仕事をやめた。

うすぎたないビルの一室に五人ほどの男たちと閉じこめられて、延々《えんえん》とプログラムを組み立てる。そんな仕事だった。三日ほど眠らずに仕事をつづけたとき、タイピングしながら画面にむかって吐いた。同僚たちにあやまりながら掃除をしたけど、だれもこちらを見ていなかった。他人のことを気にする余裕などないのだ。

帰宅できる日はコンビニで弁当を買う。武蔵小杉《むさしこすぎ》のローソンにならんでいる商品以外、最近は口にしていない。橋の上に立ち、街灯のうつりこんでいる暗い小川の水面を見ながら、自分が死んでいなくなった世界のことをかんがえる。何もかわらない。人材派遣会社から代わりの人間がやってくるだけで、一切の物事は変化なくすすんでいくにちがいない。

つくっているのは、三年たてばつかいものにならなくなるような製品に組みこまれるプログラムだ。徹夜して吐いてまではたらく意味が感じられない。

同業者に自殺者が多いと聞く。きっと、仕事をやめるというかんたんな選択肢に気づかないまま、得るものが皆無という人生に耐えきれなくなるのだろう。自殺した同業者に必要だったのは、和泉遥が書いていたような、職場にむかうことへの拒否反応だったのではないだろうか。

1993.7.5　山田康志《やまだやすし》

『ハレー彗星』という小説が最近、書店にならんでいる。著者にとってのデビュー作で、東北地方の高校を舞台とした長編の恋愛小説らしい。購入して途中まで読んでみた。

書店で題名を見たとき、和泉遥と圭太のことをおもいだした。作者は彼女たちのうちのどちらかではないのか。そんな想像をして著者略歴を確認したが、どうもちがうようだ。

和泉遥が最後の文章を書いたのは三年前の十二月、クリスマスの直前だ。外をあるく人々の息は白く、デパートのディスプレイはクリスマスの飾り付けでにぎやかになっていただろう。

今現在も彼女たち姉妹が、東京のどこかで生活しているのかどうかわからないが、生きていたら和泉遥は二十三歳、和泉有紀は二十一歳になっているはずだ。

1993.7.10　山田康志

「白紙のページがもったいない」と和泉有紀が書いている。たしかにこのノートは、前半部分こそ文字で埋まっているが、後半はきれいなままのこされている。だから今度は僕が続きを書いている。

でも、だれにあてて？

圭太は和泉遥にあてて文章を書き、彼女もまた彼に返事を書いている。鈴原万里は和泉遥に文章を書き、久米田良子は交番のお巡りさんへ文章を書きのこしている。だけど僕にはノートを交換する相手がいない。

それに、書くべきこともない。仕事をやめてすっきりしたものの、弁当の入ったコンビニ袋をさげて、夕日を見るたびに、ああこれからどうしよう、という途方《とほう》もない気持ちになる。

1993.7.13　山田康志

このノートを見つけた経緯について書いておく。

実家でボールペンをさがしていたら、見なれないアルバムを見つけた。店でフィルムをプリントに出したとき、おまけでついてくる薄い紙製のアルバムだ。若い女性の写っている写真が入っていた。生前の母の写真ではない。見覚えのない女性だ。紙が真新しい上に、服装や髪型から、つい最近のものだとわかった。全部で二十枚ほどあったが、半分以上はディズニーランドで撮影されたものだ。

父に写真を見せてたずねてみた。

「フリーマーケットで買ったんだ」

フリーマーケットは毎年おこなわれており、僕も一度だけ行ったことがある。古着や中古のレコードといったふつうの商品だけでなく、何が録画されているのかわからないビデオテープの束《たば》や、昭和初期に撮影されたとおもわれる見知らぬ家族の白黒写真の束なども売られていた。

父が通りかかったとき、キャンバス生地《きじ》のトートバッグが、ブルーシートの上で砂埃《すなぼこり》まみれになって売れのこっていたらしい。バッグのなかには大学ノートと筆箱と紙製のアルバムが入っており、それら一式がまとめて五千円だったという。嘘みたいな話だが、父は五千円を出してそれら一式を買ってみたのだという。

トートバッグとその中身はまだ保管されていた。筆箱のなかには、あまり使われた様子のないシャープペンシルや消しゴム、ボールペンがつまっている。そして大学ノートにはこの交換日記が書かれていたというわけだ。

このノートは、いろいろな人の手をわたってきたらしいが、残念、おそらくここが行き止まりの終点になるにちがいない。それとも、父と交換日記をすればいいのか？

1993.7.15　　山田康志

紙製のアルバムにはさまっている写真のなかに、二十歳くらいの女性とグーフィーのツーショットがある。彼女は白いキャンバス生地のトートバッグを肩からさげている。和泉有紀の書いた文章に「遥とグーフィーのツーショットがうまく撮れてる」と書いてあるから、この写真の人物が和泉遥にちがいない。

しかし、なぜ和泉遥のものが売買されていたのだろう。

彼女はバッグをどこかで盗まれたのではないか、という可能性が最初におもいうかんだ。盗まれたバッグが、中身ごと転売されたすえに、フリーマーケットの店主が入手して売り物にしたというわけだ。

あるいは、これらすべて、フリーマーケットの店主が構築した嘘だったとか?

売り物のバッグを見知らぬ女の子に持たせて写真を撮り、大学ノートにてきとうな日記を創作して書きつらねる。使い古しの鉛筆を筆箱に入れて、セットにして売り出す。ほんとうは和泉遥や和泉有紀など存在しない。

でも、何のために?

詳細は結局、わからない。

三毛猫の写真が何枚かある。首輪がないところを見ると、野良猫だろうか。三毛猫ということはメスにちがいない。

1993.7.18　山田康志

仕事をやめた現在、時間を自由につかえるようになった。朝にぼんやりとテレビで『ウゴウゴルーガ』を見ている。近いうちに次の職場を探しはじめなくてはいけないが、その前にいくつかやっておきたいことがあった。買ったまま読んでいない小説を読むこと、父と食事に出かけること、それから、このノートや写真を和泉姉妹のところに返すことだ。

以前、このノートは僕のところで行き止まりになるのだろうなとおもっていた。でも、和泉遥の写真をながめていたら、彼女のもとにトートバッグ一式を返却したいという気持ちがわいてきた。

もっと積極的に表現するならば、存在をたしかめたいのだ。このノートや写真が、フリーマーケットの店主の創作ではないと確信できたらもう満足だ。

彼女たちは存在しない、というオチがこわかった。

そのようなオチで、読者（僕）が納得できるわけがない。

仕事をやめる直前の数週間、僕はこの大学ノートに書いてある文章をよく読み返した。

私もつよくなりたい。

そう書いた女性がいるのだということで、なにかしら自分もがんばってみようという気持ちにさせられた。がんばって前向きに退社してやる、という気持ちになれた。そして僕は、たぶん和泉遥のことが好きなのだ。

恋愛感情などではなく、人類愛みたいなものにちかい。彼女も僕におとらずダメな人のようだから、親近感がわいている。
ノートに書かれた文章中に、一度だけ「明大前」という地名が出てくる。彼女たちが実在するという前提で書かせてもらうと、すくなくとも三年前の一九九〇年の時点で和泉姉妹は京王井《けいおうい》の頭《かしら》線の明大前駅のそばに住んでいたにちがいない。

1993.7.19　　山田康志

明大前駅に行ってみた。渋谷《しぶや》で乗り換えれば三十分ほどで行ける場所だ。駅前に立って、道行く人を一時間ほどながめてみた。和泉姉妹が通りかかるという偶然は起きなかった。毎日、何もやることがないとはいえ、わざわざ駅にまで行ってみるというのは、他人から見たら気持ちわるい行為なのではないだろうか。
野良猫の写真をながめる。近所の町角で撮ったような写真である。背景に町名と番地の表示された電柱があればかんたんだった。でも店の看板さえ写りこんでおらず場所は特定できなかった。

1993.7.21　　山田康志

最近、和泉姉妹にノートや写真を返却することはあきらめかけている。あるいは、ノートに文章を書いた人たちが実在するかどうかなど、追及しないほうがいいのかもしれない。

1993.7.25　山田康志

ノートに書いてある人々のことを一日に何度かおもいだす。会ったこともないのにおもいだす、というのもおかしなものだ。

何日も人に会わない生活をおくっているせいだろうか。あまりにも声を発しないので、コンビニで「弁当をあたためますか？」と聞かれたとき、返事がうまくできない。それを予想して、最近は、おにぎりやサンドイッチなどの、あたためないものしか買えない。

1993.8.3　山田康志

昨晩、小説『ハレー彗星』を読んだ。ずっと前に購入したきり、ほったらかしにしていたのを、急におもいだしたのだ。

小説のクライマックスの舞台は夜の高校の校舎だった。主人公の少女は屋上でおこなわれるハレー彗星の観察に参加するのだが、好きだった少年と喧嘩《けんか》をしてしまう。それきり一生、お互いの人生が交わることはない。そんな結末で小説は終わった。

和泉遥と圭太の話にそっくりだ。

類似点はそれだけではない。

主人公の少女と少年は交換日記をする。

マンガの貸し借りをする。

借りた小説を読もうとして、少女は途中で挫折《ざせつ》する。

『ハレー彗星』を書いたのは、塩川芳雄《しおかわよしお》という名前の作家である。この人物について調べるため、ひさしく連絡をとっていなかった大学時代の後輩に電話をした。後輩は小説や出版の世界にくわしかった。塩川芳雄について、現在、書店にならんでいる雑誌に顔写真入りのインタビューが掲載されているとおしえてくれた。

書店に足を運んで雑誌を調べてみると、たしかに塩川芳雄の写真が載っていた。彼は四十代の細身の男性だった。彼が日記に登場する圭太ではあり得ないとおもったのはこのためだ。著者略歴に書いてある生年月日を見たかぎりでは、あの当時に十代だったはずがないのである。しかし……。

「あの小説にはすこしだけ実体験がふくまれています」

塩川芳雄は取材に答えていた。

1993.8.10　　山田康志

おもいちがいをしていた。

今から塩川芳雄あてに手紙を書いてみようとおもう。出版社に手紙を送ったところで、彼のもとまで届くのかどうか、いまいち自信がないけれど。

運が良ければ、彼からの返事がもらえるかもしれない。

1993.8.13　山田康志

4

遥へ。

ひさしぶり。元気にくらしていただろうか。いつか遥のもとに、このノートがもどることを願いながら文章を書いている。

あれから七年が経過した。

今も当時の光景が記憶にのこっている。雪のふるなかを、制服を着たきみが、鞄をぶらさげてあるいている姿をね。校舎の片隅のうすぐらい物陰で、寒そうにしながら、だれにも見つからないようにノートの交換をした。窓の明るい日ざしのむこうから、生徒たちのはしゃいでいる声が聞こえていた。あの廊下の空気や、階段の踊り場の匂いを、つい最近のことのようにおもいだせる。

銀杏《いちょう》の葉が黄色くなった時期に僕は住む場所を変えた。久米田さんという女性の書いていることはほんとうだろう。このノートは荷物の間からすべり落ちてしまったのだ。あたらしい部屋で荷ほどきをしたとき、ノートは見あたらなかった。

きみに言いたかったことがある。科学部のみんなといっしょにハレー彗星をながめた夜のことだ。

僕と鈴原万里は、話をするために屋上をはなれ、教室でふたりならんで机にこしかけた。それを目撃した遥には、僕たちがキスしているように見えた。

遥からノートをもらった最後の日、きみの文章を読んで、ほんとうは反論したかった。だけど、もうこれ以上の話し合いはしないでおこうと決めたのだ。

きみと縁を切るいい機会だった。最初に遥から告白されたとき、僕はことわらなくてはいけなかったのに……。僕が反論せずにきみとの関係を絶ったのは、教師と生徒という関係を考慮したからだ。鈴原万里の言ったことが真実だったからではないよ。

あの夜、僕と鈴原万里は世間話をしていただけだ。彼女が嘘をついて、僕ときみを離れさせた心理はわからない。嫉妬のようなものが彼女のなかにあったのかもしれない。今さら信じてもらえるかどうかわからないが……。

もう一度、きみに言葉をつたえることができて僕はうれしい。山田君にお礼を言いたい。体育教師をしながら書いた小説が、すこし前に新人賞をとった。『ハレー彗星』という題名の本で、ペンネームは塩川芳雄だ。出版された本を読んで、山田君は僕のことに気づいたそうだ。出版社経由でとどいた彼の手紙には、このノートのことや、きみのことが書いてあった。

連絡をとって、実際に山田君と会うまでは、詐欺《さぎ》じゃないかという疑念《ぎねん》があったよ。でも、神保町《じんぼうちょう》の喫茶店で彼のさしだした大学ノートは、たしかに見覚えのあるものだったんだ。

きみたちはまだ、東京の明大前駅周辺に住んでいるのだろうか。三年前の記述だけど、多少なりとも近況をしることができてよかった。

山田君にたのんで一晩だけこのノートを借りた。彼とはまた明日、神保町で会う予定だ。彼は和泉遥が実在する人間だと聞いて、ほっとした顔をしていたよ。

もう二度と、僕がノートに触れる機会はないだろう。きみと交際した時間も、このノートに文章を書いていた時間も、人生という長い期間で観察すれば針の先ほどの短い瞬間でしかなかった。でも、ノートを読み返すと、あの日々がよみがえる。さようなら、和泉遥。

1993.9.12　圭太

僕は今まで、だれかに読んでもらうつもりがないまま文章を書いていた。このノートに書いている他の人とちがい、僕の文章だけはだれかにむけられたものではない。ただの日記だ。一人で完結し、だれにもつづかない身辺雑記帳だ。おなじように、他のだれかが、山田康志あてに文章を書くこともない。

でも、ようやくノートを手放すときがきた。正式な持ち主へ帰っていく時間だ。さみしいような気持ちになる。

最後だから、一言だけ、一人で完結しない言葉を書かせてもらう。

明日から僕は仕事さがしをがんばろうとおもう。

だから、きみもがんばれ、和泉遥。

1993.9.15　　山田康志

二人とも、元気で暮らしていますか？

夏風邪《なつかぜ》などひいていませんか？

この前のお墓参りで、遥は派手にころんで青あざをつくっていましたが、もう治りましたか？

有紀は今度、友だちと沖縄に行くんだっけ？

沖縄って、十月になっても、まだ泳げるの？

ハブクラゲに気をつけてね！

お母さんも、どこか旅行に行きたいよ。

いきなりの荷物でおどろいていることでしょう。

この前、遥が通ってた学校から電話があったのよ。

「八七年度卒業生の和泉遥さんはご在宅でしょうか?」って。

遥あてに荷物が届いてるという話だったから受け取りに行ったよ。

箱のなかに見覚えのあるトートバッグが入ってたから、たしかに遥のものだってわかったよ。

バッグのなかに、このノートが入っててておどろいた。

お母さんが何年も前に書いた文章がのこってたから。

荷物には、山田康志君が学校にあてた手紙も入ってたよ。

住所がわからないから荷物の転送をおねがいしますって内容だった。

その手紙も入れといたから、くわしいことは読んでみて。

そういえば、もう一つ、大事なものがあった。

高校に届いた荷物の箱に、山田君の書いた宅配便の送り状がはってあったよ。

彼の住所と連絡先が書いてあったから、捨てずにとっておいたからね。

お礼の手紙を送るかもしれないものね。

それにしても遥が年上好きだってしらなかったよ。

お父さんにもだまってるから安心してね。
次にあなたたちが帰ってくるのはお正月かな。
楽しみに待ってます。

1993.10.1　　お母さんより

姉へ。
母から荷物が届いたよ。
ひとまず、箱の中を見てほしい。
これって、何年か前に遥が電車で置き引きされたバッグだよね？
その日のことをおもいだすと、くやしくなってくる。
泣いてる遥の声で電話がきたとき、何事かとおもったよ。
財布は見あたらないみたいだね。
犯人が抜き取ったにちがいない。
ノートを読んでみたが、フリーマーケットの店主があやしい。
そいつが置き引きの犯人だったりして。
家を出る時間になった。
書きたいことがいっぱいあるのに。

帰ってきたら、話をしよう。

5

1993.10.5　和泉有紀

どうも、こんにちは。
和泉遥です。
私は元気にやっています。
最近、暑い日がつづいています。
そちらはどうですか。
もうあたらしい仕事は見つけましたか。
そういえば、猫の写真を見たそうですね。
「近所の町角で撮ったような野良猫の写真である」
そうあなたは書いてましたね。
あれは私が撮ったものです。
アパートのそばを、よくあるいていた子です。
毛がふさふさの三毛猫でした。

魚肉ソーセージをちぎって、食べさせたりしました。

そのうちなついてきて、手のひらに額《ひたい》をおしつけてくるようになりました。

でも、一年くらい前から、見なくなりました。

どこかで車にひかれたのかもしれません。

それとも、やしなってくれる人を、見つけたのかもしれない。

私は後者だと信じています。

1993.10.7　和泉遥

和泉遥です。

趣味は、お風呂でマンガを読むことです。

そんなことすると、紙が湿《しめ》ってしまうんじゃないかとおもわれそうですが、意外とだいじょうぶです。

圭太が作家になっていることにはおどろきました。

彼は体育教師でしたが、小説の好きな人でした。

女子生徒から人気がありました。

ちなみに、圭太と呼び捨てにしていたのは、「先生」と書くことを彼が禁止していたからです。

ノートをだれかに読まれても、教師と生徒という関係がわかりにくいようにしなくてはいけませんでした。

彼が苗字を書かなかったのも、体育教師の小柳《こやなぎ》圭太先生だとばれないようにという配《はい》慮《りょ》です。

当時、圭太という名前の生徒は学校に五人くらいいました。

苗字を隠すだけですこしは正体がばれにくくなるのではないか、というささやかな願いです。

鈴原万里さんはすぐに気づいてしまったようですが。

私も『ハレー彗星』を買って読んでみようとおもいます。

さすがに、大人になった今では、小説くらい読むようになりました。

それにしても、なんというひねりのないタイトル……。

圭太と鈴原万里さんのことは、誤解だったようですね。

彼にわるいことをしました。

圭太のことを信じられなかった自分がいけなかったんじゃないかとおもいます。

当時はこのことで傷ついたものですが、今ではまるで他人のことのようにおもえます。

時間がたちました。

1993.10.8　和泉遥

今日はデッサン教室に行きました。

子どものころから絵を描くのが好きで、ノートに落書きなどをしてあそんでいました。

絵を本格的に学ぶのははじめてです。

マンガの練習をひそかにつづけています。

でも、新人賞に送ってみても一次選考すら通過しません。

妹に読ませても、評価はかんばしくありません。

もうそろそろ、潮時《しおどき》かなとおもっていました。

夜にベッドで横になりながら、やめようやめよう、続けていても無駄だ、などとおもっていました。

こんな自分が、なにかをなしとげられるわけないのだ。

そうおもっていました。

でも、もうすこし続けてみます。

1993.10.9　　和泉遥

妹は三日前から友だちといっしょに沖縄です。

でも、彼女の同行者は、たぶん友だちではありません。

男の子です。
私を気づかって、友だちと行くのだという表現をつかっているのでしょう。
私は気づいていないふりをしています。
妹ながら、よくできた子です。
頭もいい、性格も良い、もてる。
名前がよくわからない外国の調味料を何種類も使って料理をする。
ここに完璧超人がいます。
完璧超人なんて『キン肉マン』の世界にしかいないとおもっていました。
妹といい、作家デビューした人といい、すごい人ばかりです。
自分は平凡です。
この先、生きていて、なにかいいことがあるのでしょうか。

1993.10.10　和泉遥

大変なことがおこりました。
最初から話します。
この数日間、私は宅配便の送り状をながめてすごしていました。
あなたが私の母校に荷物を送るとき書いたものです。

送り状にはあなたの家の住所と電話番号が記入されていました。

それさえあれば、いつでもあなたの家にお礼の手紙を送ることができる。

電話をかけて直接、お礼を言うこともできる。

そこで私はある計画をたてました。

手紙を書くかわりに、このノートを郵送してみてはどうだろう。

自分にむけて書かれた数日分の文章を見て、あなたはおどろくにちがいない。

いいアイデアだとおもいました。

明日にでも大きめの封筒に入れてポストに投函《とうかん》しようとおもっていました。

でも、悲劇がおきました。

今日のお昼に窓をあけて掃除をしていたところ、いたずらな風が宅配便の送り状をまいあげて外に連れ出してしまったのです。

何枚かのレポート用紙といっしょにベランダのむこうがわへ飛ばされました。

あわてて手をのばしましたが届きませんでした。

外に出て、マンションの裏手の茂みや、電柱のかげを探しました。

送り状は見つかりませんでした。

どこか遠くに飛んでいってしまったようです。

私は、私がきらいです。

あなたの住所を何か別の紙に書き写していれば問題なかったのに……。

もうあなたの家にこのノートを郵送することはできません。

電話をかけることもできません。

外をさがしまわっていたら、大きな旅行鞄をひっぱって、沖縄から妹が帰ってきました。

事情を説明しました。

あんなにしからなくてもいいのに……。

そのようなわけで、ずっと私はふさぎこんでいたのですが、今はなんとか落ち着きました。

解決策が見つかったからです。

1993.10.11　和泉遥

勇気を出してコンビニに行きました。

そのコンビニは、うちから三十分ほど電車に乗った場所にあります。

地図を見ながら、さらに十分ほどあるいて、ようやく到着しました。

どこにでもある、ごくふつうのローソンです。

武蔵小杉駅からすこしあるいたところにある、ごくふつうのローソンです。

店内を一巡して、雑誌コーナーでしばらく立ち読みをしました。

自動ドアの開く気配がするたびに、読んでいた雑誌で顔をかくし、入ってくる人を観察しました。

私のとなりにならんで、立ち読みをする男性客がいました。

もしかしたらこの人があなたかもしれない、などとおもって緊張しました。

まだあなたは、その店を利用しているのでしょうか。

そこでおにぎりやサンドイッチを買う日々なのでしょうか。

私たちは今日、店内ですれちがったのでしょうか。

あなたは写真で見て、私の顔をしっているはずだから、雑誌で顔を隠していなければ私だと気づいたかもしれません。

そういえば、私と妹はまだ明大前に住んでいます。

明大前駅まで足をはこんでくれてありがとうございました。

東京には、ほんとうに大勢の人がいますね。

私は二十歳をすぎて、妹の部屋に押しかけるような形でここにきました。

こんなに人がおおいのだから、探している人がなかなか見つからないのも、しかたないです。

この街に人々は星の数とおなじくらいいて、そのなかから、特別な一人を探し出すのは奇跡みたいなものにちがいないから。

かならずあなたに会えるという保証はありません。

転職をきっかけに引っ越してしまい、もうあのローソンには来なくなった可能性もありますし。

でも、ひとまずの努力だけでもやってみようかとおもいます。

住所がわからなくなった現在、大学ノートをあなたに渡すには、こんな方法しかおもいつきませんでした。

最近、妹を除外すれば、消しゴムのカスとしか会話していないので、つっかえずにお礼を言えるかどうか心配ですけど。

今日は、もう寝ます。

明日から、バイトに行かなくてはならないのです。

武蔵小杉のローソンで、エプロンをして、レジを打ったり、お弁当をあたためたり、しなくてはいけないのです。

私だと気づいたら、声をかけてください。

あなたにむけて、文章を書きました。

1993.10.12　和泉遥

ラクガキをめぐる冒険

油性マーカーをポケットからとりだして、人差し指と親指でつまんだまま、様々な角度からながめる。ゼブラ社の製品で、両端にキャップがはまっており、一方のペン先は太く、もう一方のペン先は細い。軸径21・8×全長140・8ミリメートル。商品名【マッキー】。だれもが一度は目にして、つかったことがあるはずだ。ペン先はフェルト製で、たっぷりとインクがしみこんでいる。これ一本あれば、太い線も、細い線も、おもいのままだ。

1

先日の春休みに実家へ帰省したときのことだ。中学時代に買った古いCDをさがして、押入れをあさっていた。やがて奥のほうから、ちいさなナップサックが出てきたとき、私はおもわず、息をとめた。なかを探ると、懐中《かいちゅう》電灯や絆創膏《ばんそうこう》にまじって、油性マーカーが出てきたのである。まだ書けるのだろうかとおもい、キャップをあけてみた。さがしていたCDのことはどうでもよくなった。

一人暮らしのアパートへもどって、遠山真之介《とおやましんのすけ》という中学時代の元同級生のことばかりかんがえた。部屋から見える桜をながめながら、油性マーカーのキャップをあけたりしめたりをくりかえして時間がすぎた。それからようやく、決心したのである。

自分の部屋で携帯電話をにぎりしめる。まだ遠山君の番号がのこっているのを確認してほっとする。八年前に電話番号をおそわってから、一度も彼に電話をかけることはなかったし、かかってくることもなかった。深呼吸して、遠山君の携帯電話に発信した。呼び出し音がたっぷり一分間ほどつづく。電話に出る気配。つづいて男の人の声だ。

「もしもし？」

「あ、桜井《さくらい》です。桜井千春《ちはる》。遠山君ですか？」

「え？」

とまどうような声だった。私は不安になる。

「遠山君、ですよね？」

「いいえ、ちがいます。池田《いけだ》、ですけど……」

「………」

八年もたっているのだ。さすがにもう、番号が変わっているらしい。

遠山真之介。中学二年生のとき、私たちはクラスメイトだった。連絡先の交換をしたのは、秋の日の夜だ。おたがいに携帯電話の番号を口にして、交代で手打ちで入力したのをおぼえている。

窓から、青空と、アパートの脇に生えている桜の木が見えた。彼は今ごろ何をしているだろう。私とおなじで大学生だとしたら、途中で失敗していなければ四年生だ。

「もしもし。大和田《おおわだ》さんですか?」

さきほどの池田さんの例もあるから、おそるおそるという言い方になる。

「はい、大和田ですけど。千春?」

大和田百合子《ゆりこ》は中学時代にしりあった友人だ。八年前、私たちはクラスメイトだった。電話で話をしていると、たまに赤ん坊の声が聞こえてくる。彼女の子だ。

「そういえば、傘は見つかった?」

「全然、だめ。連絡なし」

「じゃあ、あきらめたほうがいいかもね」

「気に入ってたのにな」

「この前はどうした? 東京で、大雨だったらしいじゃない」

「だから、ビニール傘だよ。ひろってきたやつ。それをつかった」

「そういうことだから、千春、もてないんだよ」

大学の友人たちのことをおもいだす。

大学のキャンパスには、おしゃれな女の子とおしゃれな男の子が【つがい】を形成して晴天の下を闊歩《かっぽ》しており、ベンチにならんでこしかけて人体の境界があいまいになるくらい接近してかたらっている。私は彼らの視界に入らないよう、すみっこの日陰をこそこそとあるくようにしていた。

「それはいいとして、聞きたいことがあるんだけど」と話題をかえる。

「なに？」

「十四歳のとき、私たち、おなじクラスだったよね？　おぼえてる？」

「十四？　中二？」

「御手洗《みたらい》先生が担任のときの」

「ああ、変な事件、あったとき？」

「そうそう」

「それが、どうかした？」

「同級生に、遠山君って子がいたよね？」

「遠山君？」

「遠山真之介」

大和田百合子は電話のむこうでしばらくかんがえる。

「いやあ、わからん。おもいだせん」

きっと大部分の同級生は、彼のことをおぼえていないのだろうなとおもう。

「中学の卒業アルバムは？　あれに、全員分の住所やら連絡先やら、のってるんじゃない？」

「遠山君のは、のってないんだ」

「なんで？」

「中学三年の夏休みに引っ越したから」

「くわしいね。そんな子、本当に存在したの？」

彼女の声の背後で、ぐずるような、赤ん坊の声。

携帯電話もつながらない。彼女の記憶にもいない。卒業アルバムにも見あたらない。

遠山君の存在は、私の記憶ねつ造なのか？

「小笠原《おがさわら》君にでも聞いてみたら？　だれとでも仲良くしてたから、その子のこともおぼえてるかも。私も、あいつの番号ならわかるし」

大和田百合子との電話を終える。

あけはなしている窓からあたたかい風が入ってきて、勉強机に放置している書きかけのレポートがめくれた。筆入れを上にのせているので、ちらばることはない。桜の花びらが、一枚、風とともに窓から入ってきて、回転しながら、床の上に落ちる。

そういえば中学校にも桜並木があった。偏差値《へんさち》も規模も平均的な中学で、校舎は白く角張っていた。駅前から正門までは徒歩十分の遊歩道で、空をつくほど背の高い木々が道の両側につらなっていた。

遠山真之介、などという男子は存在しないのではないか。大和田百合子はそう言ったが、そのようなわけがない。けれども心配になってきたので、ためしにパソコンをたちあげてネットで彼の名前を検索してみた。ヒット数はゼロ件だった。

それでも私は、彼のことをおぼえている。いつも、何をかんがえているのか、よくわからない人だった。感情のうごきが、めったに外へあらわれない。細身で猫背で、いつもうつむきがちだったから、それほど注目する人はいなかったけど。

床におちた花びらをつまみあげて、窓から手をのばし、外の風にのせた。

＊＊＊

十四歳の秋、雨上がりの夜に家をぬけだして、自転車で中学にむかった。背中にナップサックを背負っていた。服装は上下ともに黒だ。これなら夜の闇にまぎれて、見つかりにくいのではと期待していた。

その日、夜中の学校にしのびこんで、不良たちの机にマーカーで落書きしてやろうとかんがえたのは、放課後の職員室で、担任の御手洗先生と話をしたときだ。いったいどういう経緯で職員室に行ったのかはおぼえていない。提出していなかったプリントを渡しにいったとか、そういう経緯だったにちがいない。

御手洗先生は窓を見ながら、一週間、とつぶやいた。朝から雨が降っていた。一週間。森《もり》アキラの机に落書きがされて、彼が学校を休むようになり、それだけの日数が経過していた。

「お母さんから電話があって、今日から一泊二日で田舎《いなか》に行ってるらしい。田舎のおばあちゃんの家にね。森とも、電話ですこしだけ話をした。お母さんが勉強を見てくれているそうだ」

森アキラをからかっていた不良たちのことをおもいだすと、胸の内側に、にえたぎるマグマのような感情がたまっていく。小学生のとき、クラスメイトから無視されたり、授業中に消しゴムのかけらをなげられたりしていた自分自身の記憶がよみがえる。

職員室を出るとき、私は想像した。

今晩、不良たちの机に落書きするというのはどうだろう?

森アキラがされたことを、そっくりそのまま彼らにしかえしするのだ。

これを実行するのが普段の日だったなら、不良たちの机に落書きしたのは、森アキラだとおもわれるかもしれない。復讐《ふくしゅう》する強い動機があるのは彼だ。でも、今晩のうちにそれを実行すれば、森アキラにうたがいがおよぶことはない。なぜなら彼は両親といっしょに田舎へ行っている。彼をうたがって追及しようとしても、この事実が森アキラの潔白をまもってくれるはずだ。

もうひとついいことがある。この一件が彼の耳にはいれば、クラスのだれかが、自分のために行動してくれたとわかるだろう。私は彼にとって、心のささえになってあげられるかもしれない。

帰宅途中に文房具店で黒色の油性マーカーを買った。ゼブラ社製の【マッキー】だ。購入済みを示すためのテープを店員に貼《は》ってもらった。黄色いテープには、文房具店の名前が印刷されている。こういうのはいつまでもはがさずにとっておくタイプだ。私のそういう習性を見て、クラスメイトの大和田百合子は「センスがわるい」と言った。

2

新宿で電車を降りて、デパートのなかを通り抜けようとしたら、傘売り場でよい傘を見つけた。白色で、全体的に細いのだ。

レジでお金をはらうとき、店の売り場を見わたしてみると、ここにもおおぜいの【つがい】がいた。あっちを見ても【つがい】。こっちを見ても【つがい】。【つがい】というのはつまり、「動物の雄《おす》と雌《めす》の一組」という意味だ。

アパートにもどり、せまい部屋の中で傘をひろげて、よけいにせまいおもいをしながらながめてみた。せっかくだから、このまましばらくすごしてみようとおもい、ひろげた傘を床において、携帯電話を手に取った。

「めずらしいね。桜井さんが電話してくるなんて」と、小笠原宣夫《のぶお》。

めずらしいどころか、彼に電話するのは、はじめてだ。大和田百合子から連絡先を聞いたことや、遠山真之介の連絡先をしっていたらおしえてほしいということを、手短に説明した。

「遠山真之介？」

「そう、中学二年のとき、同級生だった子。おぼえてる？」

「いたっけ、そんなやつ」

うーん、とかんがえこむような声が電話ごしに聞こえる。どうやら彼も遠山君のことはおぼえていないようだ。なんというぅ、おどろくべき、影のぅすさ。私はひそかに落胆《らくたん》する。そのときだ。

「あ！　いた！　わかった！　あいつだろ、数学で満点とってたやつ！」

「そう！」

「あの、星野《ほしの》がつくった期末試験を」

「なんと百点満点」

星野というのは、当時の数学教師で、むずかしい試験問題をつくることで有名だった。性格も最悪で、問題に答えられないと、平気で生徒をバカにする。みんなの前で泣かされた女子生徒もいるという噂だ。私には、彼のつくった問題の意味がさっぱりわからず、あまりにも理解不能なので、数学というものが嫌いになった。数学、と耳にするだけで、星野という教師の顔がうかんできて、胸がどんよりとしてくる。同時に食欲も失《う》せる。星野式ダイエットという本の出版を検討すべきだとおもう。その星野がつくった、だれも完全には解読不能だろうとおもわれていた試験問題を、すべてクリアした人が学年にひとりだけいた。遠山真之介である。

「だけど、噂だ」

遠山君の満点の答案を見た者は、実は、だれもいない。

「満点なんかとってたら、すぐにわかるだろ。俺だったら、その場で全員に見せびらかすね、ぜったい」

「小笠原君だったら、でしょう」

遠山君の場合、満点の答案がもどってきても表情をかえず、なにも特別なことなんてなかったみたいにおりたたんで鞄のなかへしまいこむのではないか。勝手にそのような想像をする。

「遠山ってやつのことは、なんとなく、おぼえてるけど、連絡先まではわからないな」

「たぶん、そうだろうな、とおもった」

「それにしても、なんで連絡先をしらべてるんだ?」

「ちょっと、聞きたいことがあってね」

「ふうん。遠山のことをしってそうな奴、かんがえてみるから。おもいついたら電話する。……そういや、中二のときって」

さきほどまでとちがい、低いトーンの声だ。

「もしかして、落書き事件の？」

「そう、その年だよ」

森アキラ、という生徒がクラスにいた。教室のなかに、遠山真之介や、大和田百合子、小笠原宣夫などもいて、全員がひとしく中学二年生だった。十月中旬の、ある朝のことだ。森アキラの机が、ひどいことになっていたのである。彼はクラスの不良にたびたびからかわれているような子だった。机の件は、あきらかにその延長にあった。

落書きの内容は、小学生でもおもいつくような単純な語彙《ごい》だった。まず机の天板いっぱいに、太いマーカーの線で一言、書かれていた。空いているところに、細いマーカーの線で、また別の言葉があった。

おまけに白と黄色のチョークの粉だ。何度も黒板消しを押しつけられたのだろう。天板の表面がわからなくなり、床にも粉がおちるくらい、大量のチョークの粉がまぶしてあった。

いや、「落書き」のあとに「チョークの粉」ではない。はじめに「チョークの粉」。それから「落書き」だ。なぜなら、落書きはチョークの粉の上から書かれていた。一度、机の上を掃除してから落書きしよう、などとはかんがえなかったらしい。

その日以降、森アキラを学校内で見ることはなかった。二年生のあいだは休学あつかいになっていたが、私たちが三年生に進級したころ、退学をしたという噂を聞いた。今は、どこで何をしているのか、わからない。

当時、私は胸のなかで、にえたぎるマグマのような感情をかかえていた。小学生のころ、私も、似たような立場におかれたことがあったからだ。森アキラの感じたであろう不安も、憤《いきどお》りも、自分のことのようにおもえた。登校して、あの机を見たときにおそいかかってきたであろう、この世の悪意や、絶望や、不安のかたまりが、私にも、手に取るようにわかった。しかし、どうにもできないでいた。落書きをしたのは、いつも森アキラをからかっている不良たちだとわかっていたのに、抗議することはできなかった。私は、もう、二度といじめられないように、こそこそと生きていくのに精一杯だったのだ。

ところで、当時のクラスメイトたちが記憶して、今も心の中にわだかまっている落書き事件とは、森アキラの机にのこされていた落書きのことではない。その一週間後に起きた二度目の事件のことを語りぐさにしているのだ。

二度目の落書き事件は規模がおおきなものだった。被害者はクラスメイト全員。私の机にも、遠山真之介の机にも、大和田百合子の机にも、小笠原宣夫の机にも、油性マーカーで落書きされていたのである。

「あのとき、全員の机がターゲットにされてたけどよ……」

小笠原宣夫が電話ごしに話す。

「その犯人は、実はクラスの全員だった、という真相だったらよかったのにな。それぞれが自分の机に書いたのだとしたら、かっこいいクラスだ」

「そうだね」

不良にからかわれている森アキラを、かばわなかったという負い目が、おそらく私たち全員にあった。一人一人がひとしく自分の机に書いたのだとしたら、全員で森アキラにあやまっているみたいで、なんだか気持ちいい。もしもそうだったとしたら、彼も救われたにちがいない。それはともかく、森アキラの机に落書きをした人物と、クラス全員の机に落書きをした人物が、別の人間だという小笠原宣夫の話はするどい。なぜなら私と遠山君が二度目の落書き事件の犯人なのだから。

＊＊＊

深夜。家族が寝静まって、忍び足で家を出る。

雨はいつのまにかあがっていて、湿気をはらんだ空気がたちこめていた。十月の夜は肌寒かった。駅から中学校までの遊歩道には、点々と街灯がともっている。色づきはじめた木の葉をてらし、ぬれた路面に反射していた。自転車も通行可の道だったので、遠慮なく通らせてもらう。ライトを点灯させるための発電機の音を、ブーン、ブーン、とひびかせながら私はペダルをふむ。空にはまだ雨雲がはりついているのか、星や月は見えず、油性マーカーでぬりつぶしたような黒色だった。

それにしても、まったく想像していなかった。

おなじことをかんがえている人間が、自分以外にいたとは。

「桜井さん？」

暗闇のなかから、声をかけられて、身がすくんだ。中学校の敷地をかこむ生け垣のそばに自転車をとめて、まさにしのびこもうとしていたときだった。ふりかえって眼をこらすと、クラスメイトの男子がたっていた。

顔はわかるのに、名前が出てこなかった。

「遠山。おなじクラスの」

街灯の下に、彼はぼうっと突っ立っている。背が高く、やや猫背気味だ。私はその夜まで、彼と会話をしたことがなかった。いるのか、いないのか、よくわからない男子、という印象だ。彼のほうも、私におなじような印象をいだいているのではないか。

「遠山君？　何してるの？」

「ちょうど、通りかかっただけ」

「私も、おなじ」

「こんな時間に?」

「そっちこそ、こんな時間に?」

私たちのあいだに無言の時間がながれる。まっすぐな道を学校の生け垣がずっと先までのびており、私たちのほかにだれもいなかった。目の前の、縦長《たてなが》ですこしだけ曲がっている猫背のシルエットを見つめた。そのうちに、もしかしたら、というおもいがふくれあがる。

「まさか、教室にしのびこむ、なんて、かんがえてない? 油性のマーカーとか、用意してるんじゃない?」

遠山君は、数秒の沈黙をはさんで返事。

「うん。油性のマーカー、借りてきた」

彼はポケットから【マッキー】をとりだす。私たちがもってきた油性マーカーはまったくおなじゼブラ社の製品だった。

＊＊＊

はじめまして、早乙女蘭子《さおとめらんこ》です。

小笠原君に、桜井さんのことを聞きました。

遠山君と私は、中学三年生の一学期に、いっしょに学級委員やってました。
あんまり話をしなかったけど……。
彼の電話番号、私の携帯電話にも入ってません。
たしか、夏休みにはいってから、ひっこしたのだと記憶しています。
二学期にはもう、見なくなったから。
クラスの男子のだれかが、遠山君とアドレス交換していたかもしれません。
ちょっと、しらべてみます。

小笠原宣夫と電話をした三日後のことだ。大学校舎の休憩スペースで、【牛乳屋さんの珈琲《コーヒー》】という甘いコーヒーを紙コップの自販機で購入して飲んでいたところ、私の携帯電話がメールの受信を通知したのである。差出人は小笠原宣夫。彼からのメールには、早乙女蘭子という女性に連絡してみたという経緯が記されており、彼女が私にあてたメールも転送されてきた。

小笠原宣夫と早乙女蘭子は、中学時代に部活を通じてしりあった関係らしい。小笠原宣夫はバスケ部のエースで、早乙女蘭子はマネージャーだったとのことだ。こまったな、と私はおもう。八年前のクラスメイトに連絡したいだけなのに、いろいろな人をまきこんでしまっている。これ以上、あまり大げさなことにならないといいけどな。

メールを読み返していると、ゼミでいっしょの女の子が休憩スペースにやってきた。【つがい】の男の子と二人連れだった。彼女はたのしそうに、今度のゴールデンウィークに出かける旅行の計画を話しながら、自販機でジュースを買って、またどこかに行ってしまった。目があったら会釈《えしやく》しようと心の準備をしていたのだが、彼女は最後まで私がいることに気づいていなかった。遠山真之介に負けずおとらず、私も存在がうすい。北極圏のオゾン層並みだ。しかし、そのようなことは昔からわかっている。今さら傷つくことはない。というより、自ら望んでそうなった。不良にからまれないよう、できるだけ目立たない暮らしをする、というのが中学生以降の私のテーマだ。

はじめまして、桜井千春というものです。
遠山君の件で、お手をわずらわせてしまい、恐縮です。
話をしたいことがあって、人づてに彼の連絡先をうかがっています。
よろしくおねがいします。

小笠原宣夫に、彼女へのメールの転送をおねがいした。
その後、一週間ほど、情報が誰のもとへ、どのようにとどいたのか、私にはよくわからなかった。私の携帯電話は沈黙したままで、たまにメールを受信したかとおもうと、関係のないメールだった。そのうちに葉桜《はざくら》の季節となり、それも過ぎてしまった。そうなると、あの満開の桜は、夢だったのではないか、とおもえてくる。

私が無事に遠山君と連絡をとることができたのは四月末のことだ。

彼の居場所をしっていたのは、早乙女蘭子の元同級生だった。その男の子は、遠山君としたしかったわけではないのだけど、中学三年生の一学期に、数学のノートを借りたことがあったのだという。しかし、ノートを返却するのをわすれたまま夏休みに入り、そのあいだに遠山君もひっこしてしまった。それをずっと気がかりにおもっていて、彼のことをうっすらとおぼえていたらしい。その人がつい先日、東海地方にある理工学系の大学を訪れたときのことだ。キャンパスですれちがった見知らぬ男子学生に、

「ノートをわざわざ届けに来たのかい？」

と話しかけられたそうだ。そのときは、何のことかわからずに首をかしげてあるき去ってしまったが、あとからかんがえると、あの男は遠山真之介だったような気がしてきたのだという。

半信半疑のまま大学のホームページを開き、総務課の電話番号をしらべて電話してみた。

「遠山真之介という学生に連絡をとりたいのですが……」

「学部や学年はわかりますか？」と、総務課の人。

何学部かはわからないが、おそらく四年生だと告げる。さらに、私の身元や、彼とどのような関係なのか、どのような理由で連絡をとりたいのか、と聞かれたので、あたりさわりのない返答をする。

「その人なら、勅使河原《てしがわら》教授の研究室に所属してます。生物機能工学研究室、というところです」

電話のあと、大学のホームページから、研究室のページへリンクをたどってみる。生物機能工学研究室に所属する学生の名前のリストが掲載されていた。当然、そこに遠山君の名前があるものとおもっていたが見あたらなかった。そのかわり、気になる名前があった。

【B4・御堂真之介《みどうしんのすけ》】

B4のBはBACHELOR《学士》の頭文字。この研究室の四年生で、名前が遠山君とおなじである。この人が遠山真之介なのだろうか。そういえば、彼の名前をネットで検索したときもヒット数はゼロだった。研究室のホームページに名前が掲載されていたらヒットしていたはずだ。

研究室の電話番号がホームページに掲載されていたので、そこに電話をしてみる。呼び出し音のあと、受話器がとられた。

「はい。テシ研です」

男性の声だった。テシ研というのは、勅使河原研究室の略称にちがいない。

「もしもし。御堂さんという方は、そちらにおられますか？」

「はい、私です」

「御堂真之介さん？」

「そうです」

「もしかして、遠山君？」

すこしの沈黙のあと、返事があった。

「……桜井さん？」

あれから八年がすぎた。それなのに彼は、私の声をおぼえていたようだ。

3

十四歳の夜、中学校の前で、私と遠山君は計画を話しあった。

「どうやって校舎にはいるつもり？」

遠山君は、おちついた声の持ち主だった。

「宿直室から、一番、遠い場所の窓ガラスを割れば、気づかれないかなとおもってるんだけど」

「この中学に宿直室はないけど」

「え、本当?」

「昔はそういう部屋があって、先生たちが寝泊まりしていたけど、今は民間の警備会社と契約している」

窓や扉に設置されているセンサーが異常を感知したときだけ、警備会社の人間がやってくるのだと彼は言った。しかしそのセンサーも、どうやらうちの中学の場合は、職員室や校長室といった場所や、薬品などの置いてある化学準備室といった場所を中心にとりつけられており、教室にはいるだけなら問題ないだろう、とのことだった。

遠山君は、窓の鍵がこわれている箇所もしっていた。一階の男子トイレの窓である。そこからはいれば、階段もすぐそばにあり、二階にある私たちの教室まで最短距離で行けるはずだ。

「そんな場所の窓が、ひらいてるなんて、都合がいいね」

「そうだね」

いかなる感情もこもらない「そうだね」だった。彼が事前に窓の鍵をこわしていたのではないか、という疑念を私は口にしなかった。

その夜、遠山真之介は、冷静だった。心臓がなりつづけて、呼吸困難になりそうな私とはちがって、さほどむずかしくもない練習問題を解くように、彼は危なげなく行動した。

鳴りだすといけないので、携帯電話の電源を切って私たちは出発した。生け垣をぬけて、運動場の片隅をよこぎり、そびえたつ四角い校舎にちかづく。雨上がりで、地面はぬかるんでいた。校舎の壁にそって移動する。一階の男子トイレのそばにたどりつくと、遠山君の用意していたタオルで、靴の裏をきれいにした。土足で学校内を移動して、靴跡をのこさないための配慮だ。

彼が先にトイレの窓をくぐりぬけた。私がそれにつづく。彼が窓から身を乗り出して、私の手首をひっぱってもちあげてくれる。トイレの床に飛び降りるとき失敗した。足が窓枠の下の部分にひっかかって、頭から落ちそうになった。

声をもらさなかったのは、ほとんど奇跡だ。でも、ナップサックの口から、【マッキー】や懐中電灯が床に落ちて、からん、からん、からん、という音が長く尾をひいた。

遠山君は、私の体をうけとめて、床にたおれていた。二人、かさなった状態だった。私のほおの下に、彼の胸があり、おたがいの息づかいが聞こえた。痛みと、おどろきで、数秒間、そのままになっていた。彼が呼吸し、胸が上下する。それから私たちは、よろよろと無言でたちあがり、床にちらばっていたものをひろいあげる。顔があつくなり、照れかくしの言葉もうかばなかった。

「選択を誤った」

彼もまた、ポケットに入れていた【マッキー】を落としていたらしく、それはトイレの個室のほうにまでころがっていた。

「トイレ以外の窓にしておけばよかった」

男子と二人でトイレの床にころがった、などとだれにも言えない。

物音に気づいてだれかが駆けつけてくる様子はなかった。校舎のなかはしずまりかえっている。

遠山君の背中について廊下を横断し、階段をあがり、教室に移動した。

いつも騒々《そうぞう》しい教室が、真っ暗で、しんとしずまりかえっていた。それだけでなんだか、こわい気がした。遠山君の指示で蛍光灯はつけないことにする。整列している机。普段ならふれることもないはずの、クラスメイトたちの机だ。

「ほんとにここ、うちのクラス？　まちがってないよね？　黒板、西側の壁にあるよね？」

まちがっていては大変なので、遠山君に何度も確認する。

「うん。でも、教室というのは、たいてい西側の壁に黒板がある」

「そうだっけ？」

「小学校から高校まで、そうなってる。南側に窓があることと無関係ではない。右利《き》きのおおい日本人がノートに文字を書くとき、鉛筆をにぎった手が影をつくらないようにという配慮だよ」

「遠山君が豆知識を披露したところで」

私は油性マーカーを取り出す。暗闇のなかで、全員の机の天板に落書きをはじめた。

私は当初、森アキラをからかっていた不良たちの机にだけ落書きするつもりだったのだが、さきほど外で打ち合わせをしたとき、遠山君が首を横にふったのだ。

「だめだ。全員を被害者にしないと」

「どうして?」

「桜井さんは、森君の机に落書きした犯人を、決めつけすぎている」

不良たちが犯人ではないという可能性なんてかんがえてもいなかった。

たしかに不良たちは、森アキラの机の落書きが、自分たちの仕業ではないと主張している。自分たちに罪をかぶせるために森アキラ本人が自分で落書きしたのではないか、とも。

結局、遠山君の提案で、全員の机に落書きをすることにした。たくさんの数を打てば、どれかひとつは犯人に当たるだろう、というかんがえだ。無関係の人には申し訳ないけど。落書きの字体や語彙は記憶にのこっている。それをおもいだしながら、筆跡がわからないようにあらあらしく、机に落書きした。

「遠山君は、森君と、友だちなの?」

「うん」

小学生のころから、おなじ塾にかよっている関係だったらしい。

「彼はドラクエのレベル上げを、いつも僕にやらせていた。僕はゲーム機を持ってなかったから、それでもうれしかったけどね」

「学校で話してるところ、見たことないけど」

「今のクラスになって、森君のほうが、遠慮して話しかけてこなくなったんだ」

「なんで?」

「したしくしていたら、僕まで不良にからかわれると、彼はおもいこんでいる」

私のおす自転車が、からからからと音をたてる。彼の自転車は駅前にとめてあるらしく、そこまでいっしょに行くことにした。遠山君が今日、教室にしのびこもうとしたきもちをかんがえる。彼は、森アキラと学校で話のできる日々を、とりもどしたかったのではないか。

あるきながら遠山君があくびをもらす。

「よく、あくびなんて、できるね」

夜の校舎にしのびこんで、あのような行動をしたあとだ。私はまだ心臓がはげしくうごいているというのに。

桜はその時期、落葉の準備をしていた。枝葉のいたるところに、雨粒をくっつけていて、それが街灯にてらされると、ガラスのビーズをふりかけたかのようにきらめく。いつのまにか夜空にかかっていた雲がなくなって星が見えた。胸一杯に息をすいこんだ。うまれてはじめて呼吸ができたような、すがすがしい夜だった。

十五分ほど前に、暗くて視界のわるい状況ですべての作業は終了していた。作業そのものには、それほど手間がかからなかった。時間短縮のため、太いほうのペン先だけで落書きをしたおかげかもしれない。そうすることも、校舎にのりこむ前、二人で話しあって決めていた。

遠山君が私の机に、私は彼の机に、それぞれ罵詈雑言《ばりぞうごん》を書いた。森アキラの机にも、あたらしく落書きをするべきかどうかまよった。私たちは、結局、森アキラの机には手をふれなかった。作業が終了し、教卓の前にたってながめたが、暗いので全体の様子はよくわからなかった。蛍光灯をつけたら、さぞかし気持ち悪い光景だったにちがいない。

「桜井さんは、どうして、森君のことで、こんなことを……？」

「なんとなく、だよ」

すこし無言であるいて、何か言葉を継ぎ足すべきだとかんがえる。

「私も、小学生のとき、おなじような目にあったから。でも、だれも味方がいなかったから」

そのとき、自分と話をしてくれる同級生がいたら、その後の性格はずいぶんかわっていたのかもしれない。空気がひえて霧が出た。透明な空気に白いものがまじり、街灯の明かりが水彩画《すいさいが》のようにぼんやりとにじむ。私たちは言葉を発さずにあるいた。やがて遊歩道のぬれた植物たちのむこうに町の明かりが見える。夜だというのに、何もこわくなかった。

駅にちかくなって、はじめて通行人とすれちがった。携帯電話の電源を入れると、液晶のデジタル時計が深夜三時になっていた。警察に補導される前に、帰宅しなければいけない。翌日も学校だ。

「電話番号、おしえて」

私はそう切り出す。

「なんで?」

遠山君は、すこしぼんやりとした様子で聞きかえす。どうやら、ほんとうに彼はねむいのだ、と私は認識する。

「だって、なにか、今晩のことで、見落としみたいなものがあって、急に連絡をとりたいとき……」

私はそうやって、電話番号を聞くための名目や根拠や動機といったものを、いそいで偽装する。

「そうだね。たしかに」

彼も携帯電話を取り出す。液晶の画面がまぶしいくらいにかがやいて、私たちの顔をてらした。おたがいに赤外線のつかいかたがわからなかったので、番号を言いあって、手打ちで登録する。

　翌朝、学校はおおさわぎだった。ほかのクラスからも見物客がやってきて、教室の入り口に人だかりができていた。私は、びくびくしていたが、遠山君は平然としていた。私たちはこれから、いろいろな話をして、なかよくなり、電話もかけたりするのだとおもっていたが、そうならなかった。話しかける勇気がなくて、じっとしているうちに三年生になってしまい、気づくと彼はべつの町に引っ越していたのである。何度か電話しようとして、結局は何もできないまま、彼のことはたんなる思い出のひとつになり、八年がすぎてしまった。

4

　五月のゴールデンウィークは、雨の日がつづいた。その日も天気予報では傘マークだったので、覚悟して先日購入した白い傘を持って行ったのだが、新幹線をおりたとき、駅前はよく晴れていた。バスのロータリーから、目的の大学にむかう路線をさがしてのりこんだ。広い駐車場を持つパチンコ店や、巨大な看板の紳士服の店がバスの窓からちらほらと見えた。新幹線のなかでも、バスの車内でも、鞄から【マッキー】をとりだして、ながめてすごした。大学の正門をぬけたところにロータリーがあり、停留所でバスが停車した。

その大学は田園地帯にあり、緑色の地平線の海に、巨大な白い研究棟が密集してそびえていた。ここでタンパク質の実験やら、ＤＮＡの解析やら、電子回路の研究やらがおこなわれているのだなとかんがえる。

遠山君とのまちあわせ場所は、Ｆ棟という奥まった場所にある建物の一階ロビーだった。地図をたよりに大学の敷地をあるく。病院をもっと無個性にしたような建物が、広大な土地にならんでいた。すれちがう人はすくなく、閑散《かんさん》としている。人の気配がないのは、ゴールデンウィークだからにちがいない。

Ｆ棟をさがしだして、一階の正面玄関をぬけたところで、男の人とすれちがった。遠山君ではない。その人はすぐに通り過ぎて、どこかに行ってしまったが、すれちがうとき、視線をむけられたような気がした。部外者がここをたずねてくるのはめずらしいのかもしれない。

一階ロビーのベンチにすわって、おちつかない時間をすごす。まちあわせの時刻きっかりに、白衣を着た背の高い男の人が廊下の奥からあるいてきて、私の目の前でたちどまった。遠山君はあいかわらずの猫背で、胸板もうすく、再会してもよろこんだりはしゃいだりもなく、ごくふつうに会釈して「どうも」と言った。

遠山君に案内されてエレベーターにのり、生物機能工学研究室に入った。そんなに広い部屋ではなく、用途不明の白い実験機器がところせましとならんで、かすかに作動音をさせていた。作業用のデスクにノートパソコンがひらかれており、英語の論文が執筆中だった。数人でこの部屋をつかっているそうだが、その日、遠山君以外にだれもいなかった。

遠山君は研究室の備品である冷蔵庫から、ペットボトルのアイスコーヒーを出して、ガラスのコップにそそいで私にくれた。

「結婚したんだね」

白衣をひらめかせてあるく遠山君の薬指に指輪があった。

「はい」

「相手は？」

「女の人です」

「そうだろうね」

「婿養子になって、苗字がかわりました。今は御堂真之介です」

BACHELOR《未婚》なのに既婚者だったという皮肉。彼も【つがい】の片割れなのである。

事務椅子《いす》をすすめられ、むかいあってすわった。持ってきた傘は、そばにたてかけておく。

白衣姿の彼が、事務椅子にすわっていると、医者のように見える。結婚したと聞いて、ショックでなかったと言えば嘘になる。しかし、そういった動揺は、かくしておこう。平気なふりをしておく。

「じゃあ、御堂君って呼ぶべき?」

「遠山でも、どっちでも」

「連休中なのに研究室で実験? 奥さんは、おこらないの?」

「家内も別の研究棟で、コンクリートの破壊実験、やってるから」

この夫婦はいったい、家でどんな話をしているのだろう。

「遠山君、すこし、かっこよくなったね」

奥さんが、身だしなみに気をつかう人なのだろうか。

「そうかな」

「かわった、かわった」

「人によっては、もっと変化してる」

「八年だもんね。それだけたったら、別人になる人だっているよね」

「桜井さんは、あまりかわってない」

ひそかにショックをうけるが、これもまた、平気なふりをしておく。

八年前、校舎にしのびこんだ夜以来、話をしたことがなかったのに、気負うことなく会話ができた。いつのまにか彼も、ですます口調をやめていた。そのことがうれしかった。

ひとしきり、おたがいの近況を報告しあった。そのあとで、本題に入る。

「ところで、今日、ここに来た理由なんだけど……」

春休みに実家へもどったことや、押入れの奥から、学校にしのびこんだとき使用したナップサックが出てきて、八年ぶりに中身を確認したことなどを説明した。

「八年ぶりに？」

「うん。帰ってすぐ、押入れの奥にかくして、そのままわすれてた」

「あの晩のこと、まだ、おぼえていたのか」

わすれるわけがない。平凡な私の人生において、あれは特別な夜だった。雨上がりの、湿気をはらんだ空気をすいこむたびに、あの日をおもいだして胸がざわつく。

私は鞄から黒色の油性マーカーを取り出した。

「これ、あのとき、つかっていた【マッキー】」

遠山君は、わずかに目をほそめる。

「桜井さんは、気づいたんだね」

私はうなずく。

「持ってきてくれて、ありがとう。郵送でも、よかったけど」

「郵送だと、遠山君と、話ができないからね」

あの夜、校舎に侵入するとき、私の足が窓枠にひっかかってしまい、派手にころんでしまった。それをうけとめた遠山君ともども、私たちは男子トイレの床にころがったのである。私はナップサックからちらばった【マッキー】をすぐにひろった。彼もまた、個室の床にころがっていった油性マーカーをひろっていた。

しかし実際は、私のひろったものが彼のもので、彼のひろったものが私の油性マーカーだったのだ。私が持参した【マッキー】には、黄色のテープが貼ってあるはずだった。文房具店で購入したときの、購入済みを示すテープだ。でも、押入れから見つかったこの油性マーカーには、テープが見あたらない。

私たちの油性マーカーは入れかわっていた。それに気づかないまま、落書きをしていたのだ。

私の差し出した油性マーカーを受け取り、遠山君はさっそくキャップをあけてみた。

「これを見て、気付いたというわけだね」

ペン先の周囲にチョークの粉がついている。

「結論から言うと、遠山君。あなただったんじゃないの、一度目の落書き。森君の机に、この油性マーカーで落書きしたのは」

押入れから見つかった彼の油性マーカーは、八年前のあの夜以来、一度もつかわれていなかった。太い方のキャップをあけてみたところ、ペン先の周辺が、かすかに粉でよごれていた。細い方のキャップをあけて、机の上でたたいてみると、はっきりとわかるくらいに白と黄色の粉が落ちてきた。それらがチョークの粉であることは、すぐに気づいた。

「私たちが落書きした夜は、時間短縮のため、太い文字しか書かなかった。細い方のペン先はつかわなかったよね。一度もキャップがあけられなかったから、チョークの粉も、森君の机に落書きした直後からずっと、保存されていたんじゃないかな」

遠山君は、ゆっくりと一度だけうなずいた。

「たぶん、それで、あってる。家を出る前に、試し書きをしていれば、気づいていたはずなのに。失敗したな」

森アキラの机には、黒板消しが押しつけられて、白や黄色のチョークの粉でよごされていた。その上から油性マーカーで落書きされていたのである。フェルト製のペン先は、油性のインクを机の表面にのせながら、同時にチョークの粉をふきとったはずだ。落書き後、そのペン先にはたくさんのチョークの粉が付着していたにちがいない。押入れから見つかった油性マーカーこそ、森アキラの机の落書きに使用されたものではないのか。私はそのようなストーリーを想像していたのだ。

「じゃあ、やっぱり……」

「でも、桜井さんは、誤解している」

「どのあたりを？」

「僕はあの夜、言ったはずだ。会話の細部を、おぼえてなくても、しかたないけど」

「なんて言ったの？」

「会ってすぐ、こう質問された。【油性のマーカーとか、用意してるんじゃない?】。僕は返事をした。【油性のマーカー、借りてきた】。僕はあまりにもおどろいていて、口をすべらせてしまった」

おどろいていたようには見えなかったが、彼がそう言うのなら、そうなのかもしれない。

「借りてきた?」

「このマーカーは、僕のではない。森君から借りたものだ。一度目の落書きをしたのは彼だよ。彼が自分で自分の机に落書きしたんだ」


研究室の電話がけたたましい音で鳴る。遠山君はたちあがり、受話器をとって「はい、テシ研です」と対応する。私はかんがえをまとめるのに必死だった。遠山君がもどってくる。事務椅子にこしかけて、白衣の前で腕を組み、森アキラが自分の机に落書きをした経緯について話をする。私はだまって、その動機を聞いた。

「……というわけで、ようやく、学校側はいじめがおこなわれていたことを認めた。森君のお母さんは、このまま学校に行かせるより、自分で指導したほうが学力もあがるとかんがえて、彼の登校拒否をうけいれた。もともと森君は、学校になんて行くのは時間の無駄だ、という考え方の人でね、【学校に行かなくても良い】という名目を彼は得たのだ」

「名目？」

「あるいは、理由、動機、行動の根拠。大人の世界をうごかすためには、そういったものが必要だったのだろう。僕も最初のうちは事情をしらなくて彼を心配した。でも、実際、森君に会ってみると、気楽な様子で毎日をすごしていたし、真相もうちあけてくれた。登下校の時間もなくなって、読書に費やせる時間がふえたとよろこんでいた」

「じゃあ、二度目の落書きは？　どうして必要だったの？」

「不良たちが疑いはじめたせいだ。【落書きは森アキラの自作自演じゃないのか？】と。根拠があったわけではない。彼らはただ、自分たちのやっていないことで白い目をむけられ、いらついていたのだろう。そこで僕は、森君に依頼をうけた。自分のかわりに、落書きしてきてくれって」

落書き犯が、森アキラのいないあいだにまた現れる。森アキラは両親と祖母の家にいるから、あの夜に犯行がおこなわれたら疑いは消える。

「森君が僕の家までやってきて、例のマーカーを貸してくれた。本当は森君の机に、一度目とおなじように落書きをして、すぐに帰るつもりだったのだけど……」

「私が登場して、計画がおかしくなった？」

「あの晩、桜井さんにあったとき、どうしようかとおもったよ。このまま帰るか、それとも計画どおりやるか」

私は、ふかいため息をついた。

「森君ってやつはもう！」

彼がすべての黒幕だったのだ。被害者面をして、クラス全員の語りぐさになるような事件を演出した張本人だったのだ。

「ゆるしてやってほしい。彼は、弱くてずるい人間なんだ」

あいかわらず冷静な口調で遠山君が言った。

「僕はすでに、森君の性格の矯正《きょうせい》を、あきらめている。桜井さんも、あきらめたほうがいい。怒るだけ労力の無駄だ」

表情をかえないまま、ひどいことを言うので、この人もこの人で、なにか変だとおもう。

「でも、森君は、桜井さんに感謝していたよ、あの夜のことを話したらね」

「話したの？」

「桜井さんにあってしまって、なりゆきで計画変更して、全員の机に落書きしたって言ったら、おかしそうに笑ってた」

事情を全部しっている森アキラにとっては滑稽《こっけい》だったにちがいない。

「今も、彼と話していると、たまにきみのことが話題に出るよ」

「まだ連絡とりあってるの？　はやく縁をきったほうがいいよ？」

「森君はたぶん、ずっときみのことを気にかけてる。彼にとっては、自分のために行動してくれた、唯一の女の子だったわけだから。彼が今、どこで何をしているのかは、口止めされて言えないけど」

「聞きたくもないな」

「それならよかった。彼はきみに会うのをいやがっている。真相までたどりつかれて、きらわれるのがこわいのだろう」

私は研究室の窓をふりかえる。いつのまにか空がくもっていた。今にも雨がふりそうな天気である。蛍光灯のついている室内のほうが明るいせいで、窓に自分の顔がうつりこんでいた。意外と明るい表情だ。口では森アキラに対する不平を言っているけど、内心ではほっとしていたのである。一度目の落書き事件の犯人が遠山君で、悪意からそれをおこなった、という結末を予想していた。それに比較すれば、精神的ダメージはすくない。それに、森アキラが、意外としたたかな人だとわかってよかった。あの一件でひどく傷ついたのではないかと、心配していたのだ。その心配がすべて無駄だったから、ため息をついたのだけど。

疑問がかたづいて、私はアイスコーヒーを口にふくんだ。苦みがきいている。

「遠山君に連絡するため、おおぜいの手をかりたんだよ」

肩の荷をおろしたような気分で、ここにたどり着いた経緯を話す。聞きたかったことはすべて聞いた。のこりは雑談の時間である。

大和田百合子や小笠原宣夫や早乙女蘭子の名前を出してみる。すべての名前を彼はおぼえていた。ノートを借りっぱなしの男の子のおかげでこの大学のことが判明し、研究室に電話をかけて、ようやく連絡がついたのだと説明する。

「遠山君の電話につながってたら、遠回りしなくてすんだのにな」

「え?」

「あらためて携帯電話の番号を聞いてもいい? さすがにもう、変わっちゃったもんね。八年だもの」

遠山君は白衣のポケットから携帯電話をとりだした。スライド式の最新機種だ。彼は携帯電話を操作しはじめる。どうやら履歴《りれき》をチェックしているらしい。

ゆっくりとまばたきして、すこしかんがえるような顔つきになる。

「なるほど」

そう言って、また電話をポケットにしまう。

「番号は変わってないよ。八年間ずっとおなじ。連絡先のデータもひき継いでる。つぎに電話をするときは通じるはずだ」

「え、でも」

「たぶん、このまえは、混線して別の人の電話につながったんだ」

「そんなことって、あるの？」

「そういうことに、しておこうか」

壁にシンプルな時計がかかっていた。すでに夕方の時刻をさしている。そろそろ駅にむかわなくてはいけない。新幹線で今日中に自宅へもどるつもりだった。遠山君にお礼を言って、立ち上がろうとしたとき、研究室の扉がノックされた。

「どうぞ」

遠山君が声をかけると、扉がすこしだけひらいて、男の人が顔をのぞかせた。さきほどＦ棟に入るとき、すれちがった男の人だった。遠山君は立ち上がって入り口で彼と立ち話をする。内容はよく聞こえなかったが、研究に関するやりとりをしているのだろう。

「そういえば、桜井さんは、どうやって駅に行くつもり？」

遠山君がふりかえってたずねる。

「来たときとおなじ、バスなんだけど」

「あ、じゃあ、俺、送っていきましょうか」

遠山君と話していた男の人が提案する。

「でも、悪いですよ、そんなの」

「今から駅前に行くんです。そのついでだから」

私は遠山君を見る。

「送ってもらった方がいいかもしれない。バスの本数、この時間はすくないから」

「じゃあ、お願いします」

三人でF棟の正面玄関をぬけて外に出る。そこで遠山君とわかれた。

私は、遠山君の同級生だという男の子といっしょに駐車場へむかった。今にも雨が降り出しそうな天気だ。ついにこの白い傘をつかうときがきたかな、とかんがえる。せっかく家から持ってきたのだから、どうせならひろげたいものだ。しかし、駐車場はすぐそこで、雨がふりださないうちに彼の車のところまでたどりついた。助手席にのりこんで、シートベルトをしめる。そのときようやく、駐車場の地面に、ぽつぽつと水滴がおちはじめる。

エンジンがかかり、車がうごきだした。ちいさくて、古びた、あまり格好良くない軽自動車だったので、私はすこしほっとした。というのも、遠山君の同級生は、息をのむくらいにきれいな顔だちだったせいだ。その上、格好良い車にのっていたら、もうどうしようかと心配していたのだ。

「御堂君とは、どういったご関係なんです？」

運転しながら彼が聞いた。軽自動車は校門をぬけて、バスの車内から見た景色がひろがる。ワイパーがゆっくりめにうごいて、雨粒をぬぐった。

「中学の同級生です」

「彼の友だちがたずねてくるのって、めずらしいんですよ」

ブレーキをふんだことさえ感じさせない、おだやかな運転だった。そのころにはもう、彼の声にどことなく聞きおぼえがあることにも気づいていた。軽自動車が田園地帯を走行し、いくつか信号機をこえる。雨も本降りになってきてワイパーのうごく頻度《ひんど》があがる。

「名前を聞いてもいいですか？」

私は質問してみる。

「田中です」

「あら、今日は池田じゃないんですね？」

「池田？　何の話です？」

「どうして、遠山君の携帯電話に出たの？」

彼は前方に顔をむけたまま、ちらりと横目で私をふりかえる。雨にぬれながら風景が後方へとながれていく。彼は口元をすこしだけほほえませた。天使のような顔だちに、だまされてはいけない。

「電話に、発信者の名前が表示されていたからだよ。桜井さんの名前がね」

彼はたまたま、勅使河原教授の生物機能工学研究室にあそびにきていたのだろう。しかし遠山君は席をはずしていて、机の上に携帯電話だけが置かれていた。

「桜井さんが、いつの日か、あいつに連絡してくるんじゃないかと、ずっと心配していた。自分のしたことが、ばれてしまうのを、さけたかったんだ」

彼は、勝手に電話に出て、遠山君の電話にはつながらなかったというふりをした。しかし私は、あきらめずに、遠山君のところまでたどりついたというわけだ。

私は助手席側の窓に左肘《ひじ》をついて、こめかみのあたりを押す。おこればいいのか、再会をよろこべばいいのか、わからない。

水たまりをふんで、じゃばじゃばと、車が走る。これは大雨だ。水中をはしっているかのようだ。ハンドルをにぎっている彼の横顔を見る。ずいぶん印象がかわった、当時のクラスメイトが見たらおどろくにちがいないよ、と話す。当時のクラスメイトには会いたくない、と彼は主張する。どうしてあの大学にいたのか、という質問をしてみる。遠山君に進学先を聞いたら、あの大学に行くと言っていたので、自分もそこへ行くことにした、などと主体性のない返事がある。雨の濁流がワイパーでふきとられるのを見た。いつのまにか日が暮れて、赤信号の光が、フロントガラスに、にじんでいた。

「桜井さんは、あいつのこと、どうおもってた？」

「好きだったよ」

「やっぱりね」

すこしの間、軽自動車のなかが、しずかになる。道をまがるとき、彼がウィンカーを操作して、カチ、カチ、と音がする。

「今日、桜井さんには会わないつもりだった。でもさっき、F棟の入り口ですれちがって、気がかわった。今さらだけど、八年前、僕のために行動してくれて、ありがとう」

壁や天井がうすいのか、雨粒のたたきつける音がおおきくひびいた。でも、こういう車は、きらいじゃない。以前、ひろってきた透明な安物のビニール傘をおもいだす。心地《ここち》よい眠気さえ感じた。そういえば、持ってきた白い傘は、長くて邪魔なので、後部座席に寝かせている。車を降りるとき、わすれないようにしなくてはいけない。わすれてはいけないと、これだけかんがえているのだから、もうわすれたりしないだろう。これでもわすれてしまったのだとしたら、それはもう、ほんとうに自分はバカなのだ。横では、悪びれた様子もなく、彼がたのしそうに運転している。

「もうすこし反省したほうがいいんだよ、森アキラ」と、あくびをしながら忠告した。

三角形はこわさないでおく

1

高校一年の初夏にツトムとしりあった。体育の授業でバスケットをしたときのことだ。ドリブルの音と振動が体育館いっぱいにひびいていた。窓は開放されていたが、熱気がこもっている。味方チームのクラスメイトが俺にパスをした。球体をうけとめる。手のひらで、きゅっと回転が停止。バスケットボールの手触り、重み。状況は一瞬で変化する。視界に人が入り乱れ、敵チームの一人が、汗をちらしながら腕をのばす。

俺がいてほしいとおもったところに、いつも、おなじやつがいることに気づいた。

味方チームの一人。

高速でうごきまわる人と人の隙間《すきま》、一瞬だけ生じる空隙《くうげき》に、いつもそいつがいる。まるで、そこに道ができることを、あらかじめ予想していたかのように。

敵チームのクラスメイトが立ちはだかる。俺は正面突破をはかる。と見せかけて、例のそいつにむかってパス。ボールは敵チームの間隙を抜けて彼の手におさまる。数秒後、そいつの放ったボールが、ゴールのネットをゆらす。

そいつが俺の思考をさきよみするように、俺もまた、彼の思考をさきよみしてうごくことができた。試合の間、そいつがどんなことをかんがえているのか、俺にはふしぎとわかったのだ。彼がボールを手にした瞬間、いっせいに流れる人のうごき、それを見て、どこにむかってパスをするのか察知し、だれよりもはやく俺はその方向にむかって加速する。たまに俺のスピードが足りなくて、パスを受け取れないことがあった。無茶だ、あんな速いパス、とれるわけないだろ。そいつをにらんで抗議した。

そいつは俺をにらみかえす。うるさい、もっと腕をのばせ、パスをとれるのは、おまえしかいないんだからな、と。高校に入って二ケ月間、一言も交流をしたことがないのに、なんとなく、そういう意思がつたわってくる。たしかに、味方チームのほかのメンバーは、彼の希望する位置とはいつも別の場所にいた。俺がとるしかなかったのだ、そいつのパスを。

白鳥《しらとり》ツトム。それが彼の名前だった。白鳥という苗字はハードルが高いとおもう。本人と比較したとき、いわゆる名前負けしてしまいそうだ。入学してクラスメイトの名簿を見たとき、この白鳥君というのはかわいそうなやつだなとおもったものだ。しかし、実際に彼の容姿を確認すると、今度はもう、なんというか、神様というのは気が利いているなと見直したものである。しかもそいつは、容姿が良いだけの男ではなかった。四月の体力測定ではトップクラスの足の速さであることが発覚、授業では英語教師の英語による質問に英語で返答して教室をどよめかせた。問題があるとすれば、彼がだれとも、積極的に関わりあおうとしないことだろう。クラスメイトのみんなにしてみれば、彼はすこし近寄りがたいのだ。気軽に話しかけることができない雰囲気の持ち主だった。一日の授業がおわると、白鳥ツトムはすぐに席を立ち上がり、鞄をつかみ、だれとも話をせずに教室を出て行く。彼とおなじ中学出身の者はいなかった。彼がどのような性格で、どんな音楽がすきで、学校に来ない日は何色の私服を着ているのか、しっている者はだれもいなかった。初夏に体育でバスケットをするまでは。

体育教師がストップウォッチを見て、ホイッスルを吹き、試合が終了した。

男子更衣室にはロッカーがならんでいる。汗でおもくなった体操服を脱ぎ、制服を身につける。不快なにおいが部屋にこもっており、一刻もはやく着替えて外に出たかった。その日の授業は体育で終わりだったので、あとは帰るだけだ。

「負けたのは、きみのせいだぞ」

夏用の白い制服に腕を通し、ボタンをはめていたら、白鳥ツトムがちかづいてきて言った。

「相手のチームにバスケ部のやつがいた。敗因はそれだ」

俺は着替えをつづけながら返事をする。

彼はロッカーによりかかって腕組みした。俺もそれなりに身長のあるほうだが、彼のほうが一センチほど高い。制服の袖《そで》からのぞく腕も、腰も、すべてが細い。

「きみは、わかってないな。鷲津廉太郎《わしづれんたろう》君だったっけ」

「呼び捨てでいい」

「廉太郎、どうしてあのとき、ゴールをねらわなかったんだ」

「呼び捨てでいい、とは言ったが、まさか名前のほうで……」

「ゴールをねらっていれば、勝っていた。それなのに、僕にパスなんか出しやがって」

わざわざそんなことを言いに来たらしい。試合に負けたのがよほどくやしかったのだろう。ちらりと彼の顔を横目で見る。直毛のさらさらした前髪の間から、ナイフのようにするどい目で、俺をにらんでいる。ほかのみんなはすでにいなくなっていて、ロッカーのならんでいる男子更衣室には俺たちしかいなかった。

「……ゴールをねらうよりも、白鳥君にパスしてシュートさせるほうがいいかなとおもったんだ。そのほうが、入る確率が高いかなって」

「苗字に鷲の字が入っているくせに、きみは鶏《にわとり》だ。チキン野郎め、と、言っておこう」

高みからさげすむように彼は言った。見下すような表情が、彼の顔立ちには、よくにあう。しかし彼はそっぽをむいてつけくわえた。

「でも、まあ、楽しかったよ」

照れていたのかもしれない。

教室で鞄を回収した。二人で廊下をあるきながら、試合の敗因が俺にあることをみとめ、おわびに駅前のスターバックスでコーヒーをおごるという約束をかわした。初夏の空気はすがすがしく、高校の近所にある公園を通るとき、木々の緑の鮮やかさに目をうばわれた。スターバックス店内で物憂げに肘をついている彼の姿は人目をひいた。雑談の最中、彼はたまに腕時計を確認する。俺はたずねてみた。

「用事があるのか?」

「まあね」

「さては女の子だな」と、俺は言ってみる。

彼は首を横にふり、すずしげにこたえた。

「いや、大人の女だ」

ぶはっ、とスターバックスラテをふきだしそうになるのをこらえる。

「と言っても、母親のことなんだけどね」と、白鳥ツトム。

「なんだ、俺はてっきり、おまえのことを、白鳥先輩と呼びそうになった」

「僕はそろそろ帰らなくてはいけない。母さんが会社からもどる前に、夕飯をつくっておきたいから」

彼の両親が離婚していることや、母親と二人だけで生活していることや、毎日、夕飯は彼がつくっていることなどを、後に俺はしった。放課後にだれとも関わらないで帰って行くのは、夕飯を用意するという目的があったからなのだ。

白鳥ツトムはポケットから紙片をとりだし、切れ味のするどそうな目で、書いてある文字を黙読する。

「なんだそれは？」

「買い物メモ。今日は商店街で野菜と魚を買って帰らなくてはいけない」

「何をつくるんだ？」

「ブリ大根」

本格的な夏になり、期末試験をむかえるころには、彼のことをツトムと呼び捨てにしていた。俺たちは二人で廊下をあるき、いっしょに授業をさぼり、B棟校舎の屋上にねころがり、雲をながめてすごした。

うちの高校には校舎がふたつあり、それぞれA棟、B棟とよばれている。俺が持っている鍵は、B棟の屋上の鍵だ。普段、屋上は閉ざされているのだが、兄が数年前までうちの高校の生徒会長で、卒業するときにこっそりと合い鍵をつくっていたらしい。俺がこの高校に入学したとき、兄がそれを五千円で売りつけたのである。

「あの、これを、白鳥くんにわたしておいてほしいんだけど……」

そう言って俺に手紙をあずける女子生徒が何人かいた。本人にわたすのは緊張するが、いつもいっしょにあるいている例の付き人みたいな奴になら平気、というわけである。だいじょうぶだ、俺はこの程度のことで気分を害したりはしない。あずかった手紙はすべてツトムにとどけた。俺の目の前で封筒を開け、便せんの内容を一読し、すぐにこう言った。

「ノー、と言ってきてほしい」

「自分で言ってこい」

「しかたない、メールで返事をしよう。手紙にアドレスが書いてある。廉太郎、ケータイを貸してくれ」

「どうして？」

「自分のケータイでメールしたら、むこうに僕のアドレスがばれる」

「いいんじゃないか、別に」

「頻繁《ひんぱん》にメールが来るようになったら、どうする」

「ふつうに、うれしいじゃないか」

「きみは、どうかしている」

しかたなく彼は、自分の電話から手紙の主にメールを送信した。後日、女子の間でツトムのメールアドレスが高値で取引されているという噂を聞いたが、真偽《しんぎ》のほどは確かめなかった。

夏休み中、ひまなとき、いっしょに出かけてあそんだ。夕飯を食べにこいと言われて、彼の自宅にまねかれたこともあった。彼のお母さんにも会ってあいさつした。事前に母親だと聞かされていなければ、彼の姉だとかんちがいしていたかもしれない。二十代と言いはっても通用する綺麗な人で、線がほそく、繊細で、少女マンガのヒロインみたいな雰囲気があった。そのときはじめて、ツトムがエプロンして料理する姿を見たのだが、プロのシェフのような堂々とした振る舞いと手際《てぎわ》の良さだった。サラダのドレッシングまで手作りで、タマネギをすりおろしてオイル等をまぜたものだった。

「なにこれ、すげえ、うまい」

そうくりかえしながら、チキンにホワイトソースをかけたような料理をほおばった。

「当然だ、僕がつくったんだから」

彼は満足そうに言った。

そんなツトムの様子がおかしくなったのは、九月に入り学校が再開して二週間ほどすぎたころだった。最初のうちは風邪でもひいたのだろうかとかんがえた。先日の大雨のなかを傘もないのにあるいて体を冷やしてしまったのだろうかと。

どういうふうに様子がおかしいのかというと、つまり、いつもぼんやりしているのだ。俺が名前を呼んでも、聞こえていないらしく、三回ほど呼びかけて、ようやくふりかえる。ため息もおおくなった。机にほおづえをついて、考え深げに吐息をもらす彼の姿は、そのまま塗り固めて美術館に置くべきだと、見る者におもわせる神々《こうごう》しさだった。

「彼になにがあったの？」

俺は何人かの女子にたずねられた。二学期に入っても、彼と国交をむすんだ者はほとんどおらず、彼にまつわる疑問や要望の窓口は全部、俺だった。まわりの女子のプレッシャーにたえかねて、しかたなく俺は、屋上でふたりきりのときに質問した。

「なにか、悩みがあるんじゃないのか？」

「風邪みたいなものだ。すぐにおさまるとおもう」

ツトムは、屋上のフェンスによりかかる。

「つまり、風邪なのか」

「いや、そうじゃない。病《やまい》というより、事故みたいなものだ」

「事故？　それは、大変だ」

「おおげさだ。ほうっておいてくれ」

「事故にまきこまれたのなら、先生や警察に言った方がいい」

「今、必要なのは、先生や警察じゃない。時間だ」

「なぜ？」

「時間は名医だ。そのうち、わすれさせてくれる」

「何を？」

「小山内《おさない》さんのことだ」

ツトムに話を聞くまで、小山内さんの存在を、しらなかったわけではない。おなじ教室ですごしているのだから、彼女の顔と名前くらいは頭にはいっていた。しかしそれ以上のことは何もわからない。

ツトムと小山内さんが話をしたのは、九月に入って十日ほどすぎたある日のことだった。教室で授業をうけていたら、急に空が暗くなって、地響きのような音が頭上から聞こえてきた。水風船がいっきに破裂したみたいな集中豪雨が、雷光とともにはじまった。

放課後になり、雨がおさまったのをみはからって、ツトムはひとりで学校を後にしたという。ちなみに俺は、雨がふりだしてすぐに早退して学校を後にしたから、ツトムといっしょには帰らなかった。俺たちはどちらも電車通学だったが、ツトムはその日、駅にむかう途中、緑地公園に立ちよったのだという。

「どうして？」

「猫が気になったんだ」

そのころ、公園にちいさな猫がすみついていた。二学期に入って登下校する途中、猫の様子を見に行くのが彼の日課になっていたという。猫はうす茶色の短毛種《たんもうしゅ》で、尻尾《しっぽ》のながいメス。いつもは公園の奥まった場所にある雑木林のあたりにいた。

「公園に入って、いつも猫がいる場所をめざしてあるいていた。その途中、雨が、またふりだした。傘をもってなかったから、僕は、どこかで雨やどりすることにした」

遊歩道の途中に、屋根付きの休憩所があった。木製の三角屋根の下には、砂埃をかぶってざらつくテーブルとベンチがあり、これも木でできていた。晴れた日には家族がお弁当をひろげるような場所だ。ツトムはそこで雨が弱まるのをまった。

そのときだ。雨音にまじって足音がちかづいてきて、おなじ制服の女子生徒が三角屋根の下に飛びこんできた。彼女もまた傘をもっておらず、雨にふられ、髪の毛がぬれていた。

「ここ、いいですか」

走ってきたらしく、息をきらせながら、彼女は言った。ぬれた前髪をわける。彼女の髪は、少年のように短くカットされていた。ツトムと目があって、ようやく雨宿りの先客が、彼だと気づいた。

「あら」

「小山内琴美《ことみ》さん、だっけ、おなじクラスの」

「私の名前を、しっていましたか」

「クラスメイトの顔と名前は、全員、把握《はあく》しているんだ」

「さすが、白鳥さん。成績優秀、記憶力も抜群だと、聞いたことがあります」

小山内さんは、うなじが見えるほど短く切った髪に、いつも背筋がぴんとのびているようなたたずまいが特徴的だった。二人は三角屋根の下でベンチにこしかけ、雨でけぶった風景をながめた。その緑地公園は、市内にある公園のなかで一番の敷地面積をほこっていた。鬱蒼《うっそう》とした森に、ボートのうかんだ池もある。雨の日などはほとんど人がいないため、完全に二人きりだった。雨音だけが、いつまでもつづいている。

「なかなか、やまないね」

ツトムがそう言うと、小山内さんはうなずいて、どこかあらぬ方向の一点をじっと見つめていた。

「うらぎられました。予報では、降らないと、言っていたのに」

ガラス玉のような小山内さんの瞳の先をたどると、屋根の縁につらなってぶらさがっている水滴の粒があった。最初はちいさな粒が、次第にふくれあがり、果実が熟して落下するようにしたたる。彼女の瞳はまた、透明な水滴の落下した先にもむけられる。三角屋根の足下は切石《きりいし》が組み合わさっていた。石の表面の、水滴が落下する部分がわずかにくぼんでいた。雨が降るたびに、おなじ場所から水滴が落下し、長い時間をかけて、石をけずっていったのだ。小山内さんの瞳がゆらめいて、感動するような気配がただよう。

「雨垂れ石を穿《うが》つ」

中国の古い言葉を、彼女はつぶやく。ぬれた髪の毛の水気はかわいておらず、制服の白い上着がはりついて、ところどころ肌をすかしていた。ツトムはたちあがり、彼女に言った。

「傘を買ってこようか。コンビニまで、走ってくる」

「わかりました。さようなら、白鳥さん、また明日」

「かんちがいしないでほしい。小山内さんのぶんも買って、もどってくるよ。だから、ここにいて。鞄もおいていく」

「でも、そういうのは、悪いです」

「いいから、いいから」

小山内さんをその場にのこして、ツトムは雨の中を走り、公園の敷地を横切り、コンビニで二本のビニール傘を購入した。

公園内の三角屋根のベンチにもどると、小山内さんはさきほどとかわらない姿ですわっていた。一本ずつ、ビニール傘をさして、二人は三角屋根の下を出た。ツトムは全身から水をしたたらせて、傘は無意味の状態ではあったが、一応、さした。小山内さんが傘の代金を出して、ツトムは無言でそれをうけとった。おごってもよかったが、そこまでの義理はないと、彼はかんがえたらしい。

「ところで、白鳥さんは、どうしてこんなところに?」

行き先を告げていないのに、二人とも、おなじ方向にむかってあるいていた。猫のいる場所だ。

「きみこそ、なぜ公園に。電車通学でも、バス通学でも、ここは遠回りの場所じゃないか」

小山内さんはあるきながら、傘をわずかにかたむけた。傘の縁のむこうから、ガラス玉のような瞳の片方が、ちらりと垣間《かいま》見えて、背の高いツトムの顔を見上げる。前方の雑木林のあたりから猫の鳴き声が聞こえた。小山内さんは小走りになり、ツトムも後を追いかける。

猫は雑木林の入り口あたりにいた。木の根本に、板きれでつくられた即席の屋根ができており、その下でうす茶色の短毛種は雨をよけていた。

このあたりを散歩しているおじいさんを、よく見かける。その人が猫をかわいがっており、餌をあげている場面も見た。この屋根は、おじいさんがつくってくれたのではないか、と二人で解釈した。

「じゃあ、白鳥さんも、この子のことが心配で、ここに？」

小山内さんはそう言いながら、猫の首のあたりをいじる。

「すごい雨だったから、どこかに流されたんじゃないかとおもって」

ツトムは彼女の横にかがんで猫の様子を見た。雨をよけられたおかげか、猫は、ふるえてもおらず、目を糸のようにほそくして、小山内さんの人差し指にされるがままになっていたという。

「普通、そんなことがあれば、女の子のほうがおまえにほれてしまうのではないのか。それが、いったい、どうしておまえのほうがよろめいてしまったのだ」と、俺はたずねてみる。

「さあ、わからないんだ。なにか、具体的な、理由のようなものがあれば、よかったのだが。僕は、その理由に対して、自分でいろいろな反論をこころみて、おちつくことができただろう。たぶん、ちいさな瞬間のつみかさねが、たとえば、あの日に見た横顔や、発した言葉や、かもしだされていた雰囲気の、総体的なものの印象が、じわじわと、ボディブローのように、効いたんじゃないかな」

校舎の屋上でツトムの口から、雨の日のできごとを聞いて以来、俺もなんとなく、小山内さんのことを気にするようになった。彼女は普段、教室では、それほど目立たない位置にいる。彼女がしたしくしているのは、比較的おとなしい女の子たちばかりのようだ。彼女たちの横をとおったとき、聞こえた小山内さんの声も、落ち着いており、うわついたところがない。発される言葉は、はきはきとして、明朗だった。でも、教科書を読み上げる国語教師のように堅苦《かたくる》しいわけでもない。

しかし、気にしてよく見れば、すっきりとした顔立ちの女の子だった。髪型は少年のようだが、それでもなお、かわいらしいと見る者におもわせる目鼻立ちだ。透明感、というものが彼女にはある。小山内さんの周囲にある空気は、小学校のときに観察日記をつけた、あわい色の朝顔のようだ。あるいは、色のついたガラスの瓶《びん》や、それをすかして影のなかにできる光のようだ。

「あれ以来、話をしたのか?」と、俺は教室でたずねる。

ツトムは首を横にふる。

「どうして、わすれようとする」

「こういうのは、嫌なんだよ」

「それにしても、女子にどんな報告をすればいいのだろう。おまえの不調の原因をさぐるように、プレッシャーをかけられているのだが」

ほんとうのことを言えばややこしくなるとおもったのだ。

「風邪だと、言っておけばいいよ。どちらも、似たようなものだから」

「あるいは、かるい接触事故のようなものだと?」

「うん、その通り」

ツトムは眠たそうに、あくびをして、机にふせる。俺はふと、教室のすみにいる小山内さんをふりかえる。数人の女子といっしょにいる彼女が、こちらを見た。俺と目があって、彼女は、軽く首をかしげる。その髪はみじかく、うなじが空気にふれており、風がふけばすーすーと感じるにちがいない。そのあたりの、肌の白さと、きめこまかさが、透明感の理由なのかもしれない。俺は無意識に、手のひらを自分の首にあてる。小山内さんは目をほそめると、また友人との談笑にもどる。

わすれる、とツトムは主張していたが、すぐそばで見守っていた俺の目には、彼が小山内さんのことをわすれたようにはいつまでも見えなかった。ツトムは教室に入ると、それとなく、彼女の姿をさがす。おなじ猫を、おなじように心配していた小山内さんの姿を。バスケットボールの試合で、彼の加速する行き先が読めたように、彼の意識がどちらにむいているのかが俺にはなんとなくわかるのだ。

彼がこれからどうするのか、関わりづらい問題だった。口を出すべきことでもない。しかし、彼にはなにか、男女間の問題に関するトラウマでもあるのだろうか？　前向きな青少年だったら、わすれるなどと言わず、さっさと告白してしまうのではないのか。だって俺たちは高校生だぜ。

また、そのころからツトムは、俺以外のクラスメイトとも、多少は話をするようになっていた。調理実習の際、見事な包丁《ほうちょう》さばきで魚を三枚におろし、得意料理はカボチャのそぼろあんかけだと答えたのが良かったようだ。ちかよりがたい雰囲気がうすまり、彼に話しかけるクラスメイトがふえた。人を見下ろすような彼の口ぶりはかわらず、「きみの話は不愉快《ふゆかい》だ、あっちに行っててくれ」「だからどうした、もう僕に話しかけてくるんじゃない」「どうしてそうなるのか、説明してほしいね」というような言動をクラスメイトにむかってするのだが、なぜかひんしゅくをかっている様子はない。むしろうけていた。それを言っているのが彼でなく俺だったら、半日とかからずに俺の人気は下降していただろう。はなからそんなものはないという噂もあるが。

「安心してください。鷲津さんもひそかに人気あります」

小山内さんがそう言ってくれたのは、十月に入ってすぐ、駅前の大型書店でのことだった。

2

海にただよっている、半透明な、例のやつ。いわゆる、クラゲというのは、噂によると、筋肉もなく、脳もなく、口はあるのに、肛門はないらしい。俺はそいつらの写真集を書店でながめていた。棚の前に立ち、大判の本を一ページずつひらいて、クラゲの写っている写真を見下ろす。背景が黒いと、真っ白なクラゲたちは、宇宙空間にうかんでいる霊《れい》魂《こん》のようだった。

俺にはおそろしいものがふたつある。ひとつは兄。もうひとつがクラゲだ。子どものころ、兄と海岸へ出かけたとき、無数のクラゲを目撃した。海面いっぱいにひしめいているクラゲたちは、赤く、毒々しい色合いだった。コンクリートのふちにかがんでその様子をのぞきこんでいたところ、兄が遊び半分で、俺の背中をおしたのだ。海へと俺は落下した。それ以来、クラゲのことをかんがえるだけで、全身の皮膚《ひふ》に鳥肌がたつ。手足にからみつく触手、服や口の中にはいってくるぶよぶよの体、それらの感触に今もなやまされている。

クラゲの写真集をながめているのは、恐怖を克服《こくふく》するための自己鍛錬《たんれん》だ。もう見たくない。目を閉じたい。そんな意志をねじふせて、クラゲたちのおぞましい姿を己の前に提示する。正直なところ、こんな写真集に触れることさえ抵抗がある。しかし、学校から帰る途中、書店に立ち寄って、この恐怖克服プログラムをおこなうことにより、だんだん、あの正体不明な姿にもなれてきた。今では八ページ目まで見ることができる。

「鷲津さん?」

すぐそばに女子生徒が立っていた。彼女がいつからそこにいたのかわからない。俺は異《い》形《ぎょう》の半透明な骨なしたちによって、金縛り状態になっており、彼女の接近に気づかなかった。

「クラゲが好きなんですか」

髪は少年のように短い。いわゆるベリーショートと呼ばれる長さだ。少年のようだ、と言っても、サッカー少年や野球少年を想像してもらってはこまる。黒髪の優等生的な少年像みたいなものをかんがえてほしい。短い髪だと、顔の輪郭がはっきりと見えてしまい、にあう女の子はまれなのだと噂に聞いていた。つまり、彼女は、希有《けう》な女の子なんだろう。

小山内琴美は、片方の手に鞄をさげ、俺の持っているクラゲの写真集にガラス玉のような目をむけている。彼女に話しかけられたのは、おなじクラスになって以来、はじめてのことだ。

「小山内さんは、クラゲのことを、どうおもう?」

俺は写真集を閉じる。

「神秘的で、詩の世界の住人です。それに、食べてもおいしいです」

はっきりとした声で、返事がある。面とむかって言葉をかわしてみると、彼女が明朗快活にものを言う人だとわかる。優等生の少年が明るく先生に話しかけるように。

「いや、おいしくはないよ」

「おいしいですよ」

「俺は食べたことあるよ。おいしくなかった」

「私も中華料理屋で食べました。鷲津さんは、どこで?」

「海でおぼれたとき、勝手に口にはいってきたんだ」

「……それは、食べたとは言いません」

書店内はひろく、閑散としていた。エプロンをつけた店員たちが、本をならべている。クラゲの写真集を棚にもどし、トラウマのことや、精神修行のために写真集をながめていたことを説明した。小山内さんは感心したように提案する。

「うちにクラゲの写真集が何冊かあります。お貸ししましょうか」

「遠慮する。きみも、そんなものは、捨てた方がいい」

「どうして。クラゲは、美しい生物ですよ」

「美的感覚を、きみと共有できそうにないな」

　小山内さんは小説の文庫本を購入して今から帰るところらしい。出口にむかっていたら、彼女の大好きなクラゲの写真集をながめているクラスメイトを発見し、もしかしたら自分とおなじクラゲ愛好者なのかとおもって、つい話しかけてしまったのだという。

「今日は、白鳥さんといっしょではないんですね」

「うん。いつもいっしょというわけではない」

「このまえ、白鳥さんと、お話ししました」

「聞いている。いい奴だったろ」

「はい」

「これからも、ツトムに話しかけてやってくれ。でも、そんなことをしたら、一部の女子から、やっかみをうけるかもしれないな」

「あの容姿ですから」

「うらやましいものだ」

「安心してください。鷲津さんもひそかに人気あります」

俺は小山内さんをまじまじと見た。

「ごめんなさい、冗談です」

良心の呵責《かしやく》にたえきれなくなったのか、彼女はいたたまれなさそうに、うつむき加減で言った。

そういう低い温度のユーモア精神が、きらいじゃない。

俺はせきばらいする。

彼女は、そらしていた目を、また俺にむけて、にっこりとほほえむ。

やはり、彼女の遊び心だったらしい。

書店内のすこし離れたところに、年配の男がたっている。男はこちらを見ていた。今日は、顔見知りに遭遇する日らしい。目があうと、その人は、合点《がてん》がいったような顔をする。

「やっぱりそうだ、きみは……」

「あ、どうも。こんにちは」

俺は会釈をする。小山内さんをその場にのこし、男のそばに行こうとしたら、彼が言った。

「いいよ、いいよ、邪魔したらわるいから。通りかかっただけなんだ」

彼は頭をさげて立ち去る。

説明する。

「あの人、どこかで……」

かたちのよい眉《まゆ》をすこしだけよせて、男の背中を見ながら、小山内さんが言った。俺は

「学校の近所に住んでる人だ。たまにあいさつするんだ」

すべてを言う必要はない、と俺はかんがえた。

以上が小山内さんとの最初のやりとりで、その後すぐにわかれて電車にのりこんだ。わかれぎわに彼女は、ほがらかな笑みを見せた。特に印象にのこっているのは、彼女の履《は》いていた靴だ。高校では上履《うわば》きに履きかえるシステムなので、普段の小山内さんがどのような靴を履いているのか見たことがなかった。書店で対面した彼女は、男の子が好むような、無骨《ぶこつ》なスニーカーを履いていた。サイズはちいさいが、赤や青や黄や白の配色が、まるで戦隊ヒーローものに登場するロボットのようである。ちょっと想像してほしい、彼女の輪郭を。髪はたしかに少年のようだが、全体的な骨格は、ほっそりとしている。制服を着ていれば、下はスカートだから、男の子に見間違われることはない。すずやかで、落ち着いた印象の少女である。しかしその足元だけ、ガンダムみたいな色合いの、いかにも少年が好きそうで、親にねだって買ってもらったようなスニーカーなのだ。

おかしなちぐはぐさがあり、そこにひきつけられる。ちぐはぐが、不愉快ではない。

二学期の中間試験の時期になり、普段は授業をさぼってばかりの俺や友人たちも、一応、勉強をやってみたりはするのである。この時期に俺の頭をよぎるのは、中学のとき、歴史を担当していた教師の言葉だ。「壁にぶちあたったら、人類の歴史に目をむければ良い。そこに答えがある」。まったくそのとおりだ。俺は兄から過去問を数千円で購入した。

成績優秀なツトムにも数学の勉強を見てもらい、三角不等式についておしえてもらった。これは、「三角形の二辺の長さの和は残りの一辺の長さよりも大きい」という三角形の成立条件を定式化したものだという。たとえばそれぞれの辺の長さをａ、ｂ、ｃとしたときこうなるらしい。

$$a<b+c$$
$$b<a+c$$
$$c<a+b$$

ほんとうはすこしも理解していなかったが、さっぱりわからないと正直に言うと、「なぜわからないんだ⁉」とツトムが怒り出すので、なんとなくわかったふりをしてやりすごした。

中間試験がすぎると、俺たちはまたいつものように、キャッチボールをしたり、ゲームセンターでひまつぶししたり、マンガを読みあさったりしてすごした。ツトムが野球部の二年生と険悪になり、俺が仲裁《ちゅうさい》するという事件があったのもそのころだ。野球部の二年生のつきあっていた女子が、ツトムのことを好きになってしまったことが原因だ。ツトムにとっては、まったく事情のわからない場所で、いつのまにか二年生からきらわれていたのだから、こまったものである。俺は事態をおさめるため、三年生の不良の先輩に相談してみた。教師さえもおそれてちかづこうとしない怖い顔の先輩であるが、彼は俺の兄に頭があがらないらしいのだ。その昔、兄がよく彼の世話をしていたらしく、我が家にも何度かあそびにきて、俺ともマリオカートであそんだことがある。その人が暗躍してくれたのか、その後、ツトムに関係するいざこざは急速に沈静化した。ツトムは俺に迷惑をかけたとおもったらしく、ラーメンをおごってくれた。

そのころには、クラスメイトの男友だちがくわわって、四人や五人で行動することもすくなくなかった。ニンテンドーＤＳを人数分あつめて、マクドナルドでボンバーマンの通信対戦であそんだ。爆弾を設置しあって、相手を爆風でたおし、最後までのこっていた者が勝ちという、例のあれである。俺とツトムは視線をかわし、無言のうちに共同戦線をはった。俺が設置した爆弾をよけたら、ツトムの爆弾の餌食《えじき》になるという作戦である。やがてのこり三人になったとき、俺とツトムの二人がかりでもう一人をたおすのかとおもったら、ツトムの裏ぎりによって、俺も同時に爆弾で抹殺《まっさつ》されてしまった。

「きみはあいかわらずだな」

ツトムは、がっかりだ、と言いたげな表情をする。俺にも勝利するチャンスはあったのだ。ツトムともう一人を、同時に殺す機会はあった。しかし、それを見逃してしまい、ツトムに一位の座をもっていかれたのである。バスケットの試合で、シュートのチャンスがあったのに、彼にパスをしてしまった。そのときから俺は、何も進歩をしていない。という説教を、ツトムは延々とつづけた。

公園に住み着いていたという猫は、子どもにひろわれて、別の場所で大事そうに飼われているとのことだった。

「この前、小山内さんにそう聞いた」

屋上の金網ごしに秋の空を見あげながら、ツトムはまぶしそうに言った。

彼は友人をふやしていたが、そのころ、俺にしか言ってないことがふたつあった。

ひとつは、お母さんが手術のために入院し、毎日、お見舞いに行っていること。さいわいにも腫瘍《しゅよう》は良性だったというが、彼にとって、たったひとりの家族である。着替えを病室まで持って行き、暗くなるまで話をして、自宅にもどって一人で夕飯を食べるという生活がつづいていた。彼は表面的には、何もかわらなかった。いつものような表情と言動。

しかし胸の奥で不安におもっているらしいことが、そばにいるとつたわってきた。おそらく彼は、ちらりとでも、かんがえてしまったのだろう。お母さんがいなくなって、一人で生きていくことになった、自分の人生のことを。帰ってもだれもいない、一人きりの部屋のことを。退院の日、彼は早退して病院にかけつけて、「学校は?」とお母さんにしかられたらしい。

もうひとつは、小山内さんのことだ。ツトムは彼女のことを、わすれる、とは言わなくなった。たまに二人は教室で世間話をしている。その程度の距離が変化することなく、ながくつづいていた。

十月末に学園祭がおこなわれた。

十二月に二学期が終わり、年が明けて、三学期を経て、春が来た。

ツトムは俺にいろいろな秘密をうちあけてくれた。

でも、俺はツトムにだまっていたことがある。

学園祭の準備中に、小山内さんと話をしたことだ。


学園祭で俺たちのクラスは、かんたんな芝居をやることになった。第二次世界大戦中におこったユダヤ人の大量虐殺《ぎゃくさつ》をテーマにしたミュージカルだ。ヒロイン、脇役、その他の役が決定し、主演はクラス全員の投票で決めることになった。みんなの前で演技をしたり、踊ったりするのははずかしいので、もしも俺が票をあつめてしまい、主演をやるように請《こ》われたらどうしよう。どんな理由をつけてことわろう。投票の間、そんなことをかんがえていた。

学園祭の本番まであと三日、という時期の放課後のことだ。台詞《せりふ》の読み合わせと、演技と、歌と、ダンスの練習のため、主演に抜擢《ばってき》された白鳥ツトムは役者班とともに体育館へむかった。一方で俺は、教室で金槌《かなづち》を片手に、強制収容所のセット作りにはげんだ。

釘を打っていたら、大道具班のなかまたちが次々と俺に話しかけてきて「今日はバイトがあるから」「試合があるから」「おなかの調子がわるいので」「熱帯魚に餌をあげないと」などと言って帰って行く。結果としてのこったのは俺だけになり、ひとりで作業をすることになった。

強制収容所のセットが、背筋が寒くなるほどリアルに完成して、ほれぼれと見入っていたら、小道具班の小山内さんがやってきた。書店でクラゲの話をして以来、ふつうに教室で話をするようになっていた。俺が授業中にいねむりをしていると、休憩時間にちかづいてきて、文句を言うような、そういう距離感だった。

「すごい……」

白い紙切れとはさみを、左右の手にぶらさげて、棒立ちの状態で彼女は強制収容所のはりぼてを見つめる。

「この、黒ずんだコンクリート壁の表現」

「わかるか、俺の努力が」

「一瞬、ここはアウシュヴィッツなのかとおもいました」

「馬鹿だな、きみ、ここは現代の日本だよ」

「よかった、もう戦争は終わっていたんですね」

「とっくだよ」

「もう、だれも命をおとさずにすむのですか」

「俺たちは、戦争をしらない世代さ」

「鷲津さん、このすばらしいセンスを見込んで、おねがいがあります。小道具班のために、お力を貸してください」

小山内さんは上目遣《うわめづか》いをした。キリストに祈りをささげる敬虔《けいけん》な信徒みたいに手を合わせている。すこしだけ動揺して、頭をかきながら返事をする。

「な、なんだって、やってやるぜ」

「言いましたね」

にやり、と彼女は笑みをうかべたのである。

「じゃあ、おねがいします」

彼女は、俺にはさみをにぎらせ、背中をむけて自分の机にもどった。俺が突っ立っていると、むかいがわの席を指さし、そこに座れという仕草をした。

「ほかのみんなは?」

小道具班は数人いるはずだが、小山内さんしか見あたらない。教室内には、俺たちと、衣装を手縫いで作製している衣装班の女の子たちしかいない。

「用事があると言って、全員、帰りました」

白いA4の紙を、小山内さんがカッターナイフで、細長い線の形に切る。俺はそれを端のほうから、はさみで刻むように切っていく。ただ切るのではない。紙片が三角形になるよう、はさみの角度を調整する。俺の手の下に、無数の三角形の山がふりつもっていく。ミュージカルのクライマックスで、上から降らせる紙吹雪《かみふぶき》だ。アウシュヴィッツの地に降る、かなしい雪なのだ。

「どうして三角形にするんだ？」

「空気の抵抗をふくざつにうけて、一番、綺麗に見えるそうです」

彼女はカッターマットの上に十枚ほどの白紙を重ねて定規をあてる。目をほそめ、カッターの刃の位置を微調整し、ゆっくりと、確実に紙を切る。彼女の一連の動作は、うつくしく、無駄がない。作業のため、前屈《まえかが》みになっても、髪の毛がたれさがって、作業の邪魔をすることもない。ベリーショートの彼女が、男の子の服を着て、後ろをむいたら、小学生か中学生の少年にまちがわれるかもしれない。

俺たちは無言でそれぞれの作業に集中する。何かしゃべったほうがいいんじゃないかとおもって、たまに会話をしてみた。話題はツトムのことだ。

今ごろ、体育館では、どんな練習をしているのだろう。

演出班やシナリオ班にキレていなければいいが……。

きっとほかのクラスからおおぜいの女子が見に来るにちがいない。

彼女をつくろうとしないのは、なにか、トラウマでもあるのだろうか。

そんなことを話していたら、小山内さんが手元から目を離さずに言った。

「白鳥さんのことばかり言う」

すっとカッターナイフを引いて、紙が分断された。

「じゃあ、ほかの話題をさがす」

「いいですよ、無理に、話さなくて」

「無言でいられるのは、苦痛じゃないのか」

「全然」

「それなら、よかった」

無言の作業にもどる。

大量の紙吹雪をつくりおえると、保管用のビニール袋のなかにつめこんだ。外はすでに暗くなっている。

「こんなに三角形をつくったのは、はじめてだ」

俺は肩をうごかして、筋肉をほぐした。小山内さんは、床に落ちていた紙片を、人差し指と親指でつまみあげた。腕をあげて高いところからはなしてみると、白い三角形が回転しながら落下して、たしかに雪のようだった。俺と彼女の間を、ゆっくりと下降する。目があって、彼女が先にそらした。

それまでずっと、おたがいにだまりこんで作業して、それでも平気だったのに、なぜかこのときは、気まずいような時間がながれた。そこで俺は、やっぱり、あわてて話題をさがすことにして、三角形にまつわる話をひっぱりだしてくる。

「中間試験の、三角形の問題、どうだった？」

それぞれの辺の長さをａ、ｂ、ｃとしたとき、次の場合、三角形になる。

$a<b+c$

$b<a+c$

$c<a+b$

$a=0$のとき、三角形にならないのはなぜか、説明せよ。

という問題が出題されたのである。

「そもそも、ほんとうに三角形にならないわけ？」

「なりませんよ」

この人は何を言ってるの、という顔をされた。

「三角不等式をしらなくても、三角形にならないのは、なんとなく、わかりますよ」

「そうかな」

「だって、辺のひとつが、０なんですよ？」

「うん」

「三つの点のうち、二つの点がかさなって、もうひとつの点が取りのこされるわけじゃないですか」

「じゃあ、取りのこされた点は、かなしいね」

「かなしいとか、そんなこと、かんがえませんよ、点ですから」

「でも、たとえばその点に人格があったら」

「ありませんよ、数学だから」

「さみしがりやの点が、つよがっているだけだったとしたら」

「そんな設定はいりません、数学なので」

「なるほど、数学か」

「そうです、数学です」

「俺、きらいだな、この、数学ってのは」

小山内さんはもう、俺の話につきあっていられないとおもったのか、いつのまにか片付けをはじめていた。俺たちは帰り支度をととのえて、いっしょに体育館へむかった。

役者班と演出班は、まだ芝居の練習をつづけていた。体育館の壁際に小山内さんとならんで彼らをながめた。いったいだれがこんな題材でミュージカルをやろうと言い出したのかわからないが、ツトムは真面目に振り付けを練習していた。俺たちが見ていることには気づいていなかった。ながい腕と足が、優雅にうごいて、人の目をひきつける。

「格好良いですねえ」

小山内さんがつぶやいた。

「おまけに頭も良いのだ」

「神様は不公平です。鷲津さん、怒った方がいいですよ、神様に」

クラゲのように、とらえどころのない、半透明で、不定形で、神秘的なものに、おもえる瞬間がある。さっきまですましていたとおもったら、今は、いたずらをする子どもみたいに、唇の間から、歯をのぞかせている。俺はそのとき、困り果てた。ツトムがのぞんでいるようになればいい。だから、そのためには、こういうのは、邪魔なんだ、と自分に言い聞かせる。俺は口をつぐんで、曖昧《あいまい》な表情をしてみせた。小山内さんは、かすかに、怪《け》訝《げん》な顔をする。

「冗談ですよ?」

「うん、わかってる」

空気が急によそよそしくなり、俺たちはまた、話を交わしたことがないときの距離にもどる。これでいい、と俺はかんがえる。小山内さんは、視線をおとし、自分のつま先を見つめる。俺は天井の照明に目をむける。これからどうしよう、とおもっていた。これが、この瞬間だけのものか、あるいは、ずっとつづくものか、わからなかった。でも、だれが処方してくれるのだろう。蛾《が》が照明の光にひきよせられて、迷子の子どもみたいに、ぐるぐるとおなじところをとんでいた。すっかり口数のすくなくなった俺たちは、役者班と演出班のクラスメイトたちを無言でながめた。

3

二年生に進級して、クラス替えがおこなわれた。うちの高校は一学年に八つのクラスがあり、成績の優劣に関係なく生徒がふりわけられる。職員室前の掲示板に貼られた名簿を見て、自分と、友人たちの行き先をしる。

鷲津廉太郎、二年三組。
白鳥ツトム、二年八組。
小山内琴美、二年八組。

あたらしい教室の窓から、校庭の桜が見えた。風がふいて、舞い落ちる様子がうつくしかった。花びらのうごきを見ていると、文化祭の準備のことをおもいだした。小山内さんが三角形の紙片を一枚、俺と彼女の間に降らせた、あの数秒間のことだ。文化祭で披露したミュージカルは拍手喝采《かっさい》をあびて、大勢の人に戦争の悲惨さをうったえた。白鳥ツトムは大勢にほめられていたが、セットをほめてくれた者はいなかった。ステージの床にちらばった三角形の紙片を、クラス全員でかきあつめて掃除した。それから何ケ月も経過したが、俺とツトム、そして小山内さんの間にある辺の長さは、すこしも変化していなかった。

二年三組はA棟校舎の二階に、二年八組はB棟校舎の二階にあった。二つの校舎はわたり廊下でつながっているとはいえ、ふつうに生活していたら、それほど行き来はしない。俺とツトムは昼休みに合流してB棟の屋上でいっしょにすごした。冬のなごりで風が冷たいときは、屋上には行かず、A棟の二年三組にツトムがあそびにくることもあった。そんなときだけ、おなじクラスになった女子が、俺に話しかけたり、やさしくしてくれたりする。二年三組の女子は、俺という存在を、白鳥ツトムの友人として認識し、それ以上の存在ではなかった。

「小山内さんは元気にしてる?」

屋上で二人きりのとき、俺はツトムにたずねた。彼は、金網によりかかってすわり、朝にコンビニで買ったというサンドイッチをほおばっていた。

「学級委員をおしつけられそうになって、こまってたよ」

「ああ、学級委員、似合うね。なんとなく」

「中学時代の友だちが、おなじクラスになったみたいでね、最近はいつも、その子といっしょにいる」

俺は購買で買ったおにぎりをほおばる。金網越しに遠くを見た。住宅地のむこうに、木々が茂って緑色の目立つ一帯がある。緑地公園の敷地だ。雨の日にツトムは、そこで小山内さんとしりあったのだ。三角屋根のあるベンチで。

「そっちは？　バスケのうまいやつ、だれかいる？」とツトム。

春のあたたかい風がふく。ツトムの、やわらかそうな髪の毛がゆれる。

「ああ。でも、おまえのほうがうまい」と、俺。

「だろうね」

あたらしいクラスで、いっしょにつるむ男友だちが、三人ほどできた。放課後、彼らといっしょにゲームセンターへ立ちよることもあった。彼らの履いている靴は、それぞれ、ナイキ、アディダス、ミズノだった。彼らのスニーカーを見ると、書店で小山内さんにあったことをおもいだした。彼女は、少年が好んで履くような、ガンダムカラーをおもわせる靴を履いていた。

「八組、たのしそうだな」

「たのしいよ。なんで廉太郎だけ、三組なわけ？」

俺はくやしがってみせたが、それは演技だった。ほんとうはひそかに安堵《あんど》していた。ツトムと小山内さんがおなじクラスになったことが単純にうれしかった。チャンスじゃないか。おなじクラスなら、距離をちぢめるイベントが、いくらでもある。二学期の修学旅行では、いっしょの班で行動するかもしれない。ツトムがもっとやる気を出せばいい。小山内さんとの距離が、ちぢまらないはずがない。でも、そこに俺は、いたくないのだ。

きらいなものは、兄とクラゲ。すきなものは、おにぎりだ。コンビニや購買に行くと、かならずおにぎりを買う。以前は、ぱりぱりの海苔《のり》派だった。ぱりぱりの海苔を維持するための、各社のアイデアの歴史も良い。パラシュート型、セパレート型。透明なフィルムで海苔をまもり、食べるときは簡便に、という課題への挑戦には興味ぶかいものがある。

四月中旬の昼休みに、おにぎりを求めて、俺はB棟一階の購買へむかっていた。昼休みの校舎はにぎやかだった。男子生徒の集団が廊下を走り、教師によびとめられ、出席簿で頭をたたかれていた。女子生徒のおしゃべりする声が、壁に反響してこだましていた。

校舎間をつなぐ二階のわたり廊下にさしかかったとき、小山内さんに遭遇した。顔を見るのは、クラスが離ればなれになって以来、二週間ぶりだった。すれちがいざまに彼女と目があって、おたがいにたちどまった。

「あ、廉太郎さん」

なつかしい明朗な声だ。おそらく弁当だとおもわれる包みを持って、彼女は俺のしらない女子生徒と二人連れであるいていた。ツトムが言っていた、彼女の中学時代からの友だちかもしれない。

「いつから、名前で呼ぶようになったっけ？」

「白鳥さんが、いつも、そう呼んでるから、つい」

彼女は、となりにいる友人をふりかえる。

「ほら、この人、白鳥さんがいつも話題にしている、例の……」

「ああ、廉太郎さんね」

小山内さんの友人が、あらためて俺を見る。彼女は口に手をあて、わらいをこらえるような表情をする。二人の女子生徒は、背格好や雰囲気が似ていて、肩をよせあっておかしそうにしていると、姉妹のようだった。

「ツトムの奴、いったい、どんな話を」

初対面の女子に、わらわれるような伝説をつくったことはないはずだが。彼女たちの言動のはしばしから、ツトムは二年八組で、うまく小山内さんと交流しているらしいとわかる。彼らがおなじ机をかこんで、和気藹々《わきあいあい》としている様子が頭にうかんだ。二人だけではなく、男女混合の集団で、そのなかに、それぞれ気になる相手がいて、というような青春の構図である。今の俺には無縁の世界である。

小山内さんは、これから友だちと、外の芝生で弁当を食べるらしい。すこしだけ言葉をかわして、その日はわかれた。腕時計を見ると十二時半。窓の外には明るい陽光がふりそそいでおり、中庭の木陰で読書している生徒や、バレーボールであそんでいる女子の姿が見えた。

　それ以降も、おなじ時間、おなじ場所で、二人とすれちがうことがあった。俺はB棟一階の購買へむかうため、彼女たちはA棟一階にある正面玄関にむかうため、二階のわたり廊下を通る。

「今日も購買ですか」と、小山内さんが聞く。

「おにぎりを買いに行くところだ」と、俺がこたえる。

「それから、いつもの屋上で、白鳥さんに会うんですね」

「ちなみにあいつは、コンビニのサンドイッチ派だ」

「どうしておにぎりもサンドイッチも、三角形なのでしょうか」

「三角形においしさの秘密があるのかもしれん」

　俺たちがそういう、圧倒的にどうでもいい話をしていると、小山内さんの友人はさっさと外に行ってしまい、あとから彼女がおいかけるというのが常だった。彼女たちとすれちがうことのないよう、時間をずらすか、ほかの廊下を通るか、したほうがいいだろうか、とかんがえることもあった。自分はもう、彼女の姿を見ないようにするべきではないかとおもうのだ。彼女の顔、声、名前、そういうものが頭にちらついていたら、ツトムのことをあたたかく見守ることができそうにない。

　十二時半。どうやら、その時間になると、外の芝生で弁当を食べるために、彼女たちはわたり廊下を通るらしい。俺もまた、教室を出て、購買にむかうのが、たまたまその時間だった。一週間のうちに三日ほどは彼女に遭遇した。特に時間を確認せずとも、いつも通りに授業がおわり、席のちかい友人と世間話をしてたちあがり、購買にむかおうとすれば、彼女が友人とあるいている。

「二年三組の教室と、二年八組の教室は、はなれています」

「そうだね」

「わたり廊下であわなければ、廉太郎さんとお話をする機会は、もう、あまりなかったかもしれませんね」

最近の小山内さんの前髪は、そっとよけられて、はじのほうに髪留めでとめてあった。だから額が丸見えだ。日焼けしていない、白い肌なものだから、額がまぶしい。こんな額の人間を、俺はもう一人、しっている。親戚の家にいる赤ん坊だ。額を露出した小山内さんは、まるで赤ん坊の髪型そのものだ。これはいったい、どういった謎かけなのだろうか。俺がじろじろと額ばかり見ていると、彼女は、右の手のひらで自分の額をかくした。

「では、また」

額をかくしたまま一礼して、先に外へむかった友人を追いかける。

屋上でツトムとすごしている間、わたり廊下で小山内さんに会ったという話をしたことはない。報告するほどのことではないからだ。でも、ほんとうは、負い目のようなものを感じていたのだろう。彼にだまって、彼女と密会をしているような。

五月に入り、ゴールデンウィークは遊びほうけた。ツトムとキャッチボールをしていたら、ボールを取りそこなって、俺は目のあたりを怪我《けが》してしまった。兄の運転する車にのって、兄がヴォーカルをつとめているバンドのCDを聞かされた。駅前の大型書店で雑誌『Number』を立ち読みした帰りに、写真集のある棚のそばを通った。クラゲの写真集をながめている後ろ姿を見かけた。服装は女の子のもので、ベリーショートの髪型だった。声をかけようとして、ためらった。急ぎ足でその場をはなれるのが、俺のかんがえる、正解だったからだ。つまり、もう彼女のことをかんがえないために。どうするべきかまよっていると、その子がクラゲ写真集を置いて、ふりかえり、俺のすぐ横を通って、マンガのある棚にむかった。ガンダムの足みたいな無骨なスニーカーではなく、花柄のサンダルをその子は履いていた。

一日が一年だとすれば、昼休みは七夕で、あのわたり廊下は天の川にかかる橋のようなものだろうか。そのようなことをかんがえはじめたとき、ようやく自分が重症だと気づいた。

生活サイクルを変えるのは、意識のしすぎだとおもっていたけれど、そうも言っていられなくなった。これを風邪にたとえるなら、ひきはじめて半年ほど長びかせているのに、治るどころか、より重くなりつつある、といったところだ。自分はもっと、小山内さんと会ったり、話したりすることに、危機感を抱かねばならない。

「なにをなやんでいる?」

屋上で、ある日、ツトムに質問された。俺が、ため息をついていたせいだ。

「いや、別に」

まさか、おなじ症状なのだと、説明するわけにはいかない。購買で買ったツナ&マヨネーズ入りの三角形を、一口、かじる。ツトムは登校途中にコンビニで買ったハムと玉子入りの三角形をほおばる。テレビの話や、プロ野球の話をして、それぞれのクラスメイトの話題になる。

「うちのクラスの女子が、今度、モスバーガーおごるから、おまえを連れてこいって」と俺。

「なにそれ」とツトム。

「合コンみたいなもんじゃないかな」

「おことわりする」

「わかってる」

外ではしゃいでいる生徒たちの声が、たまに聞こえてくる。しずかで気だるい時間がながれる。

「この前の連休、小山内さん、沖縄に行ってきたらしいよ」

ツトムがそう言ったとき、俺は、ぼんやりしていた。

「そうらしいね」

連休明けにわたり廊下ですれちがったとき、彼女がそんな話をしていたのだ。

「なんだ、しってたのか」

ツトムはサンドイッチを二口ほど食べる。

「でも、どこで聞いたんだ？」

「……この前、廊下でばったり会って」

そういえば、たまにすれちがって話をする、ということを、小山内さんはツトムに話していないのだろうか。二年八組の教室で、彼らの間にどんなやりとりがあるのかよくわからない。俺とツトムが親しいのはわかっているはずだから、わたり廊下でのささやかな交流を、彼に話していてもおかしくはない。なんとなく、負い目のようなものがあるからだまっていたが、彼もすでにしっている、とかんがえたほうがしっくりくる。

「購買に行く途中、すれ違って、たまに話をする。そのとき、沖縄のことを話していた」

「ふうん、そうなのか」

ツトムはうなずいて、金網に背中をあずけて、眠たげに空を見る。白い雲がうかんでいた。

「初耳だ。そんなこと、小山内さんは、言ってなかった」

なぜ今まで秘密にしていた？　つづけてそんな質問がくるような気がして身構える。

彼は何も言わなかった。まるでしずんでいくみたいに、ツトムはずるずると、屋上のコンクリートにねころがって、ついには完全に居眠りモードとなった。彼の食べたサンドイッチのゴミをひろいあつめる。いつも俺が片付ける役目なのである。

「日差しが、まぶしいな」

目を閉じたまま、ツトムが言った。眉間《みけん》にしわをよせている。

「廉太郎、ちょっと、まぶしいんだけどさ」

「どうすればいい？」

「太陽を爆破してきてほしい」

「無理だ。それに、太陽という星は、常に爆発しつづけている状態だって、兄さんが言っていた」

俺は、ツトムの顔に影ができるような位置に移動してすわる。

「これでいいか」

「うん、夜みたいになった」

しかしツトムが寝息をたてることはなかった。目をとじて無言のまま、彼はなにかをかんがえ続けていた。

俺もまた、小山内さんのことで、気になることがあった。俺とすれ違うことを、彼女か、彼女の友人が、ツトムに話していてもおかしくはないはずなのに、彼はしらなかったということだ。なにか理由でもあるのだろうか。いや、ちがう。このようなこと、秘密でもなんでもなく、ツトムにわざわざしらせるほどでもない、ちいさな話題なのだ。俺はその程度のささやかな、意識にものぼらない存在でしかないのである。そう結論づけて、小山内さんのことをわすれるための行動方針をたてた。

翌日。午前中の授業がおわり、昼休みになると、二年三組の友人と雑談をする。ふだんなら雑談を切り上げて、購買に行く時間になっても、その日は席をたたなかった。いつもより十分ほど長く、教室で友人と話してから、ようやくたちあがり、購買にむかった。

俺がわたり廊下を通るころ、もう小山内さんは友だちと外にいってしまい、すれちがうことはなかった。よし、これでもうだいじょうぶ。彼女に会わないように時間をずらすこと。それが、わすれるための、具体的な行動だった。

一日目、二日目、三日目と、小山内さんに会うことなく購買にたどりつき、彼女の姿を見ないまま一週間がおわった。彼女に遭遇していたのは偶然の結果であり、ほんのすこし意識を反映させるだけで、ぷつんと途切れるほどの接点しかなかったのだ。会うまいと願えば、もう彼女には会わない。このまま俺は、小山内さんのことはすっかりわすれて、いつの日か対面したときも、客観的に彼女のことを見られるようになる。冷静に彼女の名前を口にすることができるようになる。俺の体内に生じた、面倒な感情はこれで消えるにちがいない。

ツトムに会ったとき、負い目を感じずにすむための、これが俺の選択なのだ。友人を気にしないで、この感情を優先させるという道も、たしかにあるのだろう。しかし俺は、そうしてツトムとの関係がぎくしゃくするのはいやだった。

バスケットの試合の直後にも、ボンバーマンをやったときにも、俺はツトムに説教されたが、この性格は変えられない。俺は、自分が目立つよりも、他人が目立つのを後ろで見ている方が好きなタイプなのだろう。裏方として舞台のセットをつくるのが性にあっており、ステージに立つ友人を応援するのが、落ち着くポジションなのだ。

これが俺の性格であり、人生なのだ。いつからそうなったのかは、よくわからない。目立つ兄がいて、その後ろをついてあるいているうちに、いつまでも二番手で前に出たがらない人格が形成されていったともかんがえられる。でも、それでなにか不都合があるだろうか？

しかし、ある日、俺は小山内さんの嘘に気づく。

ある金曜日のことだ。昼休みになると、友人らと世間話をして、席を立ち上がった。腕時計を確認し、そろそろ購買にむかってもだいじょうぶだろうとかんがえる。小山内さんに遭遇しない行動スケジュールにも慣れはじめていた。

その日は特別な用事がひとつあった。兄がバンドで制作したCDを、留年して今年も三年生の不良の先輩にわたさなくてはいけなかったのだ。不良の先輩は、いつもこの時間、A棟の屋上でやすんでいた。彼もやはり、俺の兄から屋上の合い鍵を買い取ったらしいのだ。

購買へ行く前にA棟屋上に立ちより、彼の不良仲間の視線にすこしおびえながら、CDをわたす。さて、購買にむかおうとしたとき、目の前に三階のわたり廊下の入り口があった。

普段、二階から上の階へ来ることはめったにない。めずらしいから、今日は三階のわたり廊下を通ってB棟に移動してみる。窓から見える景色がすこしだけちがっていた。B棟三階に移動し、そこから階段をおりて一階の購買へむかう。

二階にさしかかったとき、見知った輪郭が視界に入った。

二階廊下の窓辺に小山内さんがたたずんでいたのだ。

わたり廊下の入り口が、廊下の途中にぽっかりと四角い口をあけている。その手前に彼女はいる。弁当の包みを胸の前にかかえている。窓のむこうで、中庭の木が黄緑色の葉をしげらせ、光がふりそそいでいる。彼女のガラス玉みたいな瞳がその景色にむけられている。いつもの友人は見あたらない。俺は立ち止まり、小山内さんの横顔を見る。髪留めでよけられた前髪と白い額。こちらに気づいた様子はない。今日はまるで、彼女の背中をとったような格好だ。友人と待ち合わせているのだろう。でなければ、彼女がそこにいる理由がない。

俺は通り過ぎて一階におりた。購買でおにぎりを買って、今度はB棟の屋上へむかう。一階から二階へ。再度、小山内さんを見かけた場所。五分以上が経過しているのに、彼女は、まだいた。友人と喧嘩でもしたのだろうか。だから一人きりで立っているのだろうか。窓の向こうを見る彼女の横顔が、かなしげな表情にも見えてくる。なやんだ後に、声をかけてみた。

「小山内さん?」

彼女はおどろいたように肩をふるわせて、ふりかえった。

「れ、廉太郎さん」

いつものような、はきはきとした言い方ではなかった。ふいをつかれて、動揺しているような声だった。

「ひさしぶり」

「そうですね、おひさしぶりです」

すぐに明朗さをとりもどし、彼女は笑みをうかべる。かなしげな表情に見えたのは気のせいだったかなとおもう。

「声をかけたら、びっくりしてたね」

「廉太郎さんが、そっちから来るなんて」

「いつも、むこうから来るもんな」

わたり廊下のほうを視線でさす。

「いつもの友だちは？」

「さきに外へ行ってしまいました。私は先生に頼み事をされて、なかなか解放されなくて……」

友人と喧嘩をしたのではないか、というのもかんがえすぎだったらしい。ほっとした。

「ついさっき、ようやく解放されて、教室を出てきました」

「さっき？」

「はい」

五分以上前からここにいたではないか。

でも、五分以上前のことを、ついさっき、と表現することもありうる。

「廉太郎さんは、もう、購買に行ってきたんですね」

購買のビニール袋を見下ろす。ツナ＆マヨネーズと、梅干しと、鮭と、明太子のおにぎりが入っている。食べ過ぎだろうか。

「小山内さんは、友だち、待たせてだいじょうぶ？」

「そうですね。いそがないと。じゃあ、また」

「うん」

彼女は会釈して、小走りにわたり廊下を遠ざかっていく。後ろ姿を見送って、俺も屋上にむかう。頭の中で、俺は、いろいろなことをかんがえる。

彼女は嘘をついていたのではないか。五分以上もこの場所で風景をながめていたのに、急がなくては、と言って小走りになるのは、なにかおかしい。急いでいるのなら、先生から解放されて、すぐに外へ行くはずだ。先生に頼み事をされたというのも、作り話ではないのか。なぜそのような嘘をついたのかというと、つまり小山内さんは、俺が来るのを待っていたのだ、という推測をたててみる。最近、俺が時間をずらして、遭遇しなくなったから、友人を先に行かせ、自分だけわたり廊下の手前にたたずんでいたのだ。

くだらん。自意識過剰だ。それ以上、かんがえるのはやめた。

どのような顔でツトムに会えばよいのかわからないまま屋上への扉を抜ける。彼はいなかった。後に本人から聞いたのだが、彼はその日、学校を休んでいたのだ。お母さんの具合がわるくなり、つきそって病院へ行くために。

4

以前、良性腫瘍の切除手術をしていたから、たとえばその腫瘍が転移をしていたのではないか、などと俺は心配した。その話をすると、ツトムは俺を小馬鹿にしたような表情で言った。

「良性の腫瘍が、転移するわけないじゃないか」

これまでしらなかったが、そういうものらしい。彼のお母さんは、仕事による過労とストレスで、風邪をひいただけだった。金土日は自宅で療養し、ツトムが家事をひきうけて看病した。今はすっかり元の状態に回復したという。

屋上の金網によりかかってツトムの話を聞いた。五月下旬の真昼にしては、すずしい風がふいていた。灰色の雲が空一面をおおい、太陽はそのむこうにかくれている。天気予報によると、夕方以降は晴れるらしいのだが、ほんとうだろうか。

「午後、さぼろうとおもってる」とツトム。

「いいよ」と俺。

「つきあってくれないか」

「どこに?」

「どこがいい?」

あくびをしながら、彼は、ストレッチ運動をはじめる。金網越しに校庭をながめていたら、生徒たちが教室にもどりはじめていた。昼休みの終わりを告げるチャイムが鳴り、午後の授業がはじまる。俺たちは屋上を後にした。

「授業に出なかったら、小山内さんに、怒られるかもしれないぞ」

教師に見つからないよう、注意深く階段を降りながら、俺は話す。

「それは、どうかな」と、ツトムが言った。

「小山内さんは、そういう人だろ? 授業中にいねむりしたら、休憩時間にやってきて、おこってたじゃないか」

何度かそういう経験がある。彼女にはそういう、優等生的な一面があった。

「気づいてなかったのか」

ツトムがちらりと俺を見る。なんのことかわからない。

「いや。別に、いいんだ」

顔見知りの教師が廊下を横切った。階段の踊り場でやりすごす。二階のわたり廊下のちかくを通るとき、金曜日の昼休みに小山内さんとかわしたやりとりをおもいだす。彼女の真意は今もよくわからない。今日の昼休みは、まよったあげく、わたり廊下にはちかづかなかった。わたり廊下の手前にずっといたのは、俺を待っていたからではないのか、などと金曜日にはかんがえたものだが、やはりそれは俺のおもいこみにちがいない。でも、今日も彼女がそこに立っていたとしたら？　そのとき、俺は、どうふるまえばいいのか、わからない。だから、ちかづかなかった。

ツトムの後ろにつづいて廊下を移動。下駄箱で靴に履きかえて校舎を出た。鞄を教室にのこしていたが、財布、携帯電話、定期はポケットに入れてもちあるいている。今日はこのまま帰ってしまおう。

曇天《どんてん》模様のせいか、町並みは全体的にさびしかった。陰影がうすく、木々やビルや電線が、一様にのっぺりとした灰色に見える。自販機でジュースを買って飲みながらあるいた。羽虫の死骸《しがい》が自販機の下にたくさんおちていた。ひとまずカラオケに入って何曲か歌った。外に出ると、ゲームセンターでメダルゲームをした。それにも飽きて町をぶらついていたら、前方に市民体育館と市民運動場が見えた。すでに夕方だった。

「母さんはまだ、この時間、事務の仕事だ」とツトム。

体育館の横に広い駐車場があり、そこの茂みにバスケットボールがころがっていた。ツトムはそれを発見すると、とびついて、いきなりドリブルをはじめた。

「僕を養うために、はたらいている」

「それなのに、俺らときたら……」と、言ってみる。

駐車場に車はない。広大なアスファルトの平面に、白いラインで無数の長方形がえがかれている。ツトムがボールをはねさせると、音がこだまをのこして駐車場にひびく。駐車場の周囲には金網がはってあり、そのむこうにある灰色の町並みは、まるで文化祭のときにつくった強制収容所のセットのようだった。板に写真をはりつけただけのようにも見えて、ボールをなげつけたら、穴があきそうだ。

「僕が小学生のときまでは、はたらいたこと、なかったんだ、うちの母さん。高校卒業して、すぐに結婚したから」

ツトムが俺にバスケットボールを放る。キャッチして、ボールを両側から手でおしてみる。空気圧に問題はない。

「お父さんの顔、まだおぼえてるのか？」

「浮気相手の顔もおぼえてる。はっきりとね」

ドリブルをしてみた。バスケットボールの重みと感触はひさしぶりだ。

「たしか、部下の女の子だったんだっけ？」

彼が小学五年生のとき、父親の浮気が発覚した。その話は以前にも、聞いたことがあった。しかし、浮気相手の顔をおぼえている、という話は初耳だ。

「その人に、会ったのか？」

「家に来たんだ。僕が学校から帰って、母さんが外出してるときに」

ドリブルをやめて、ボールを胸の前に保持する。ボールの弾《はず》む音が消えると、あたりはしんとしずまりかえった。

「ポケモンやってたら、玄関のチャイムが鳴って、出てみると若い女が立ってるわけ。うちの父さんの知りあいだって言うから、家にあげてしまって」

ツトムは、嫌なことをおもいだすみたいにしぶい顔をした。

「ソファーにすわらせて、お茶を出したら、思い詰めたような顔で、父さんとの関係について話しはじめた。それも、詳細に」

「詳細に？」

「十歳の少年にはハードな内容だった。話を聞きながら想像した。この後、この人は鞄から包丁かなにかをとりだして、僕を殺すんじゃないかって」

ツトムがちかづいてきて、俺の持っているバスケットボールをうばう。一回、地面ではねさせてキャッチ。指の上で回転させてあそぶ。

「途中で母さんが帰ってきた。部屋に入ってきて、女と目があって……。空気が凍り付く瞬間というものを見た」

「修羅場《しゅらば》だな」

「母さんは、その女を追い出して言ったんだ。今日のことは、わすれなさい。それからは、まあ、よくある話だ。離婚、養育費の請求、引っ越し」

「お父さんには、それ以来、会ってない？」

「今ごろ、どこで、何をしてるんだか。顔が、僕にそっくりなんだ。いや、僕のほうが、父さんに似ているのか」

「もてたんだろうな」

「日を追うごとに、自分が、父さんの顔になっていく。目や鼻が、うりふたつなんだ。母さんは、僕が憎らしくならないのだろうか」

ボールの弾む音が、曇り空の駐車場にひびく。俺たちからはなれた場所に転がっていく。

「考えすぎだ」

「おなじ顔なんだ」

「でも、他人だろ」

「たしかに、そうだな」

ツトムは照れくさそうに頭をかいて、ボールを追いかけた。

遠くから、午後五時になったことを示すメロディーがながれはじめる。子どものころから、その音楽はかわらない。新世界より、という題名の曲だと、いつだったか兄がおしえてくれた。夕方以降には晴れると聞いていたが、雲はあいかわらず空をおおって、夕焼けは見えなかった。

「1《ワン》on1《ワン》をやろう」

ボールをひろってきたツトムが、そんなことを言い出す。

「ゴールがないだろ」

「なんとなくでいいんだ。心の目で、ゴールを感じればいい」

「なるほど、心の目か」

「そうだ。今、まさに、きみのにごった心の目をひらくときだ」

ツトムは腰をしずめて、低い位置でドリブルをはじめた。俺もまた、彼をむかえうつ姿勢になる。制服のズボンが足にはりついて、うごきにくいが、彼も条件はおなじだ。明確なルールのないまま、ボールのうばいあいがはじまる。どうやらツトムは、俺の背中の後方十メートルくらいの位置にゴールを想定しているようだ。ドリブルをしながら、ゆっくりと、俺の出方をうかがうようにちかづいてくる。

間合いが重なるすこし手前で停止。一瞬の膠着《こうちゃく》状態。時間がとまったように感じられる。ツトムの右足に重心が移動する気配を察知。俺もそちらにうごく。爆発するみたいに、時間がうごきだす。靴底が地面を蹴る。腕をのばす。チッ、という音をたてて、指先の皮膚とボールの表面がこすれる。軌道が変化し、ボールがツトムの手からはなれた。駐車場の地面にはねたボールを、追いかけてキャッチする。

ボールが手の中におさまった瞬間、オフェンスとディフェンスがいれかわる。ツトムの背後十メートルほどの位置にゴールを設定し、ドリブルをはじめた。パスのできる仲間はいない。目の前の相手を、ただ抜き去る。一対一のシンプルな戦いだ。

どれくらいの時間、そうしていたのかわからない。俺たちは会話もなく、ひたすらにボールを追いかけた。フェイントで相手を抜いたり、それに失敗したり、というのをくりかえす。身長と体重はおたがいにおなじくらいで、足の速さもほぼひとしい。ボールをもった相手が、どのような思考で次の一歩をふみだすのか、という行動の読みあいが勝敗を決する。しかし俺たちは、お互いに相手のかんがえていることがなんとなくわかった。いつもだいたい、おなじような思考をたどるのだ。だからこそ、ディフェンスを抜くのがむずかしい。ディフェンスを前後にゆさぶって、間合いをつめてきたところを抜きさってみたりと、いろいろためしてみたが、うまくいかない。

結局のところ、バスケ部ではない素人《しろうと》の俺たちには、技術というものがない。相手のミスを待って抜き去るのが、もっとも得点にむすびついた。といっても、ゴールがあるわけではないので、シュートが入ったのかどうか、判然としなかったのだが。

やがて息を切らしながら、ツトムが立ち止まる。俺はドリブルを中断して、額の汗をぬぐった。

「やめるか?」と、俺は聞いてみる。

「次で最後だ」

「わかった」

「賭けようぜ」

ツトムが前髪をかきあげる。

「何を？　夕飯？」

「勝った方が告白をする。好きな子に」

「そういうのは、いない」

おどろいて、そう返事をする。

「嘘だ」

「なぜわかる？」

「廉太郎、わかるんだ、言葉にしなくても」

負けた方ではなく、勝った方がするのか？

ふつう、こういうのは、罰ゲームとして、負けた方が実行するんじゃないのか？

「俺、そういう、青春っぽいのは、こまるな。はずかしいじゃないか」

「やろうぜ、廉太郎。僕が、そうしたいとおもったら、きみはそれに、ついてくるんだ」

対決はどうやら不可避《ふかひ》のようだ。俺は気乗りしないまま、低い姿勢でドリブルをはじめる。ゆっくりと、彼にちかづいた。ツトムの背後に、バスケットのゴールを想定する。そこへシュートするには、彼の右側か左側を抜けなくてはいけない。

ツトムのするどい目は、ボールではなく、俺にむけられていた。俺の視線が、どちらにむけられるのかを、全神経を集中させて読もうとしている。ドリブルの音が、駐車場にひびく。そろそろ日没だ。視界が暗くなり始めている。

俺たちの間合いが接近する。ツトムの横をすりぬける様子をイメージする。しかし、なかなかうまく想像できない。どのようなフェイントをしかけても、彼がそれを読み、ボールをかすめとるような気がしてならない。これではいけない。ドリブル音にまじって、おたがいの呼吸する音が聞こえる。息を吸って、吐く、ツトムのリズムが聞こえてくる。

彼が一歩をふみだせば、俺の支配下にあるボールまで指先がとどく、それくらいの距離に到達した。足を止め、彼とむきあう。意識のフィルターが、ドリブル音を消し去り、おたがいの呼吸だけを脳につたえる。時間がひきのばされたようになり、ついには停止したようにも感じられる。膠着状態。息が吸われて、吐き出される。相手の出方を待つ。彼が重心の移動をすれば、それを手がかりに俺も踏み出せる。あるいはむこうも、おなじことをかんがえている。俺の視線、靴のむき、筋肉の収縮、あらゆる気配をたよりに進む方向を察知する。

そのとき俺の背後から光がさした。天気予報の言うとおり雲が晴れたのだ。西にかたむいた太陽が町を朱色にそめる。体育館の壁があかるくなり、窓もかがやきだす。夕日がツトムの顔をてらした。彼がまぶしそうに顔をしかめる。

俺は一歩をふみだす。加速し、ツトムの右側をすりぬけようとする。

タン、と、ボールのはねる音が、すこしはなれたところから聞こえた。気づくと、ボールは俺の支配下になかった。立ち止まり、ツトムをふりかえる。今度は俺が夕日を見る番だ。逆光のなかで、はずんだボールをツトムがキャッチし、俺にむきなおる。彼がまぶしそうにしたのは、フェイントだったのだと気づく。俺に不用意な一歩をふみださせるための演技だ。

彼がドリブルを開始する。気力で負けていた。袖をかすめて俺を抜き去り、ツトムがシュートを放つ。しなやかで、うつくしいフォームだった。バスケットボールは弧をえがいて落下する。存在しないはずのネットが、ゆれる様子まで見えた。

翌日の火曜日。二時限目の授業がおわって、机にふせてぼんやりしていると、友人の男子が何かしらの他愛《たあい》のない用事で話しかけてきた。雑談していたら、すこしはなれた席の女子の集団から悲鳴というかどよめきというか、そういった波動がつたわってきた。

「返事は？」

「OKしたの？」

女子の一人が、俺にたずねた。

「鷲津くん、なにか、聞いてる？」

首を横にふる。すると女子たちは、つかえないやつ、という視線で一瞥《いちべつ》し、また女の子同士の会話にもどった。

午前中の授業は、教師の言葉が耳にはいってこなかった。自分の席について、窓の外をながめているうちに、いつのまにか時間がすぎていた。

チャイムが鳴り響き、教師がチョークをおいて、手についた粉をはらう。クラスメイトたちがいっせいにたちあがり、昼休みになった。購買に行かず、直接、屋上へむかった。学校へ来る途中、コンビニにたちよっておにぎりを買っていた。屋上への扉をぬけると、日差しで一瞬、視界が白くなる。だだっ広い平面。青空の下にツトムがいた。転落防止用の金網に背中をもたれさせ、コンクリートの上であぐらを組んでいる。

「結果は?」

となりにすわって質問した。

「まだ、保留。今週中には、結論を出すって」

いつもとおなじように会話ができてほっとした。距離や関係性が、いつまでもかわらないといい。コンビニのおにぎりを開封して食べる。購買にはない、めずらしい種類の具が入っている。日差しがあたたかかった。外であそんでいる生徒たちの声が、かすかに聞こえてくる。告白した状況について俺は問いただす。二人しかいない、早朝の教室で、冷たく、澄んだ空気のなかだったという。彼女がどういう反応をして、どういう言葉を口にしたのか、詳細は聞かなかった。聞けなかった。今週末までに結論を出す、という彼女のことは、現在、同学年の女子たちの、最大の関心事にちがいない。

以前、小山内さんのことはわすれると言っていたのに、どのような心境の変化が彼のなかにあったのだろう。駐車場で、父親と浮気相手のことを俺に話したことは、なにか関係があるのだろうか。

夜から町に雨がふりだした。翌日になっても、翌々日になっても、その雨はやまなかった。二日間、駅から高校までの道のりに、傘を差した学校の生徒たちがあふれかえった。女子の傘は、はなやかなものがおおく、その集団が水浸しの町をあるいていると、色とりどりの花がながれているようにも見えた。

午後の授業を経て放課後になる。学校を出る直前、下駄箱のあたりで、女子の声によびとめられた。いつも小山内さんといっしょにあるいていた彼女の友人だった。

「廉太郎さん」

「あ、どうも」

「最近、お昼休みに、あいませんね」

「昼食はコンビニで買うことにしたんだ。だから、購買に行く必要がなくなった」

「それはざんねんです」

「どうして？」

「二階のわたり廊下で廉太郎さんに会うの、たのしみにしてたみたいですよ」

「だれが？」

「私ではない、とだけ、言っておきましょう」

小山内さんの友人は、傘をひろげて、歩き去ってしまった。

彼女もまた、推測でものを言っているにすぎない。

そもそも俺と小山内さんの間に、いったい、どんな出来事があっただろう。

高校一年生のとき、書店で話をした。

教室でたまに言葉をかわした。

それだけだ。その程度。彼女がどんな人生をおくってきたのか、どんな悩みをかかえていて、どんな夢をもっているのか、何もしらない。むこうも、俺のことは、よくしらないはずだ。

俺たちがなにか、これまでに、関係性を激変させるような、特別なイベントを共有しただろうか。そんなものはなかった。あるいは、ツトムがかつて話していたように、些細《ささい》な瞬間のつみかさねが、ボディブローのように効いたのだろうか。ベリーショートや、ガンダムシューズについて、思考しているうちに。

金曜日。昼休みになり、いつものようにB棟の屋上へあがってみたが、ツトムはいなかった。

一人でコンビニのおにぎりを食べていたら、屋上に出るための鉄製の扉の開く音がした。ツトムが来たのかとおもってふりかえったら、小山内さんが扉のうしろから首をだして、俺がいることを確認し、おそるおそる屋上に出てきた。

「一週間ぶりですね」

彼女はものめずらしそうにあたりを見ながらあるいてくる。髪をのばしていると聞いていたけど、あいかわらずのベリーショートで、耳の上端にすこしだけかかっているくらいだ。日差しのなかでちかづいてきた彼女の耳が、太陽をすかして赤味をおびていた。そういえば親戚の赤ん坊も、耳がうすくて、肌も白いから、太陽の光をすかして耳が赤く見えたなとおもいだす。

「あれ？　ツトムは？」

俺は動揺をかくして彼女に聞いた。

「友だちにさそわれて、今日は、ほかの場所でご飯をたべてます」

めずらしいこともあるものだ。コンビニで購入した三角形を一口、食べる。小山内さんは、金網に指をひっかけ、青空を背にし、高校の周囲にひろがっている景色をながめる。飛行機雲が彼女をつらぬくように、背後の青空を横切る。

「座ったほうがいい。ほんとうはここ、立ち入り禁止なんだ。先生に見つかると、やっかいなことになる」

「はい」

小山内さんがスカートの裾《すそ》を乱さないように行儀良く俺の横にすわる。屋上で二人きりか、こまったな、とかんがえる。いつもツトムがいる位置に彼女がいるのは、不思議な感じだった。俺が食事している様を、彼女が、ガラス玉のような瞳で、じっと見つめる。俺が無言でいると、彼女も口を開かない。

「ご飯は、もう、食べた？」

沈黙に耐えかねて、たずねてみる。

「食欲が、ないんです」

今日ばかりは、明朗な声を出せないらしい。どこか、声にかげりがある。

「ツトムに、もう、返事をしたの？」

「いえ、まだです。廉太郎さんは、どうおもいますか」

俺は返事をせずに、ツナ＆マヨネーズを、ずっと嚙《か》んでいた。

「おいしいですか」

「まあまあだね」

彼女はまばたきして、ため息をついた。ふう、と吐き出された息が風にとばされる。金網のむこうを見て、耳の上端にかかった髪の毛をすこしだけいじり、彼女はまた俺にむきなおる。

「まだ、クラゲの写真集、ながめてますか」

「いや、最近は」

「書店でおじいさんに話しかけられてましたよね」

「そんなこと、あったっけ？」

「あのおじいさん、どこかで、お見かけしたような気がしていたのですが。あれから三日後くらいに、公園でお会いしましたよ。猫に餌をあげていました。いつも猫をかわいがっていた人だったんです」

「偶然、というのはすごいね」

おにぎりのゴミをかたづける。小山内さんは、表情をうかがうように俺を見ている。おもいのほか距離がちかかった。今日も髪留めで前髪を固定し、額を出している。活発な少年みたいな雰囲気がある。同時に、逆の雰囲気もある。あきらかに男ではない、という雰囲気だ。

髪が短いせいなのか、頭のてっぺんから、顔の輪郭、首から鎖骨《さこつ》、そして肩までのラインがはっきりと見えるのだ。男子との体格のちがいが明確にわかる。女子の体が、ほっそりして、もろくて、繊細であることを、彼女の輪郭は、見ている者に感じさせる。二つの世界の境界線上にいる者はうつくしいとおもう。現実離れした、幻想的なものが、その人の周囲にはただよう。

「白鳥さんと私が、知りあいになった経緯は、廉太郎さんもお聞きになってますよね」

「話題がとぶね」

「とんでなんか、いません。廉太郎さんと私が書店でお会いした、ひと月ほど前のこと、大雨の日のことです」

「公園のベンチのところで、いっしょに雨やどりしたんだよね」

「猫の安否《あんぴ》をたしかめるために、私たちは公園に行ったんです。でも、猫は、木の板でつくられた屋根の下で、雨をよけていました。私と白鳥さんは、きっと、いつも猫をかわいがっているおじいさんが、大雨のなか、屋根をつくってくれたんだろうってかんがえました」

「たぶん、そうだよ」

「いえ、ちがいました。十月に入って、廉太郎さんと書店でお会いしたあと、そのことをしりました。おじいさんに話を聞いてみたら、自分がつくったんじゃないって、おっしゃったんです。あれは、制服を着た、高校生の男の子がつくったって。雨の中、猫が心配になって、様子を見に来たら、男の子が傘をささずに、板きれをあつめていたって」

「まさか、それが、俺だって言うんじゃないだろうね」

「もう、いいですから、そういう、わからないふり」

彼女は眉を、すこしだけ、怒ったような角度にする。

「おじいさんに裏付けをとったんですから。廉太郎さんは、白鳥さんや私と同様に、公園にすみついていた猫のことをしっていたんです。大雨の日、廉太郎さんは早退しましたよね。後で先生の出席簿を確認して、何時ごろから廉太郎さんが消えたのか、しらべておきました。ちょうど、雨がはげしくなった直後の授業から、早退していましたよね」

「探偵みたいなことを……」

「早退は、猫のことが心配になって、様子を見に行くためだったんですね」

「全部、推測だ」

「白鳥さんも、私も、猫のことは心配だったけど、すぐには駆けつけなかった。学校がおわるまで、じっとしていた。それなのに、廉太郎さんは……」

「猫なんてしらなかったよ。ツトムに話を聞くまでは」

小山内さんは、無言で俺を見つめたあと、目をふせる。まつげの影が白い頬におちた。

今さら大雨の日のことが話題に出るとはおもわなかった。ツトムから彼女の話を聞いて以来、公園にもちかづかないようにしていたというのに。

せっかくの出会いのエピソードに、俺が介入するべきではない。ツトムと小山内さんが、二人同時に、猫の安否を気にしていたというほほえましいおもいでは、二人だけが共有するべきなのだ。

「なにをかんがえて、しらないふりをしているのか、わかります。廉太郎さんは、やさしい人です。でも、ひどい人です。もう、馬鹿！」

彼女はたちあがり、そう言いのこして、脱兎《だっと》のごとくかけだした。屋上の扉をぬけて、彼女の背中が見えなくなる。走り出す直前、小山内さんは、泣きそうな顔をしていた。

放課後、小山内さんがツトムに、どのような返事をしたのか、噂はすぐに聞こえてきた。

ツトムとの関係は、あっけないほどにかわらなかった。昼休みには屋上ですごし、馬鹿な話や、教師の物まねで、わらえている。小山内さんもあいかわらず友人といっしょに外で弁当を食べている。俺は彼女を避けて校舎を移動した。屋上で話をして以来、会っていなかった。廊下のむこうに、彼女が見えたら、すぐに後もどりして、男子トイレに入ってやりすごした。

五月がおわり、六月に入る。机にほおづえをついて、教室の窓から、雨でかすんでいる町並みをながめてすごす。だれかが教室の電気をつけると、室内が明るくなって、窓ガラスに自分の顔がうつりこむ。ガラスにはりついた水滴が、何本もながれおちて、うつりこんだ自分の顔の上をよぎっていった。

夏の大三角形、という言葉がある。夏の夜にうかぶ、ベガ、アルタイル、デネブ、という三つの星のことである。周囲の星よりも、ひときわつよいかがやきをはなつ星。それらをむすぶと巨大な三角形になる。このうち、ベガとアルタイルは、七夕《たなばた》における織姫と彦星としてもしられている。それらのことをしったのは、六月中旬の、ある放課後のことだった。その夜、まだ夏の大三角形は夜空にうかんでおらず、駅前の歩道橋から見える空は暗かった。

授業がおわり、帰宅のために校舎の正面玄関で靴をはいていたら、ツトムと小山内さんに会った。二人とも鞄をさげて、ちょうど今から帰るところらしい。

「いっしょに帰らないか」

そう言ったツトムのななめ後ろで、小山内さんはすこしはずかしそうに、うつむき加減だった。三人でおなじ時間をすごしたことがないことに気づいた。高校一年生のとき、クラスでほかの友人たちもまじえての雑談というのならあったかもしれないが。

靴のひもをむすびながら、ことわる理由をさがした。今、この三人だけで、いっしょにすごすというのは、何か、俺の心に、甚大《じんだい》なダメージをあたえるような気がした。あ、そうだ、忘れ物した。きみたちは、先に帰ってくれ。ありきたりの台詞を口にしようとしたとき、小山内さんがにじりよってきて、俺の正面にたった。

「廉太郎さん」

「な、なんだい？」

「このまえは、すみませんでした」

彼女は、しゅんとして、俺の顔を見ない。屋上で、馬鹿、と言ったことを気にしているのだろうか。

「いや、いいよ。女子におこられるのは、好きだ」

「ほんとうですか？」

「ああ。屋上で、馬鹿、と言って走り去られるのは、わるくない。ああいうシチュエーションは良い。もっと、しかられたかったくらいだ」

小山内さんが一歩、俺から距離をとった。ツトムが横から彼女にささやきかける。

「そうだ、こいつにはちかづかないほうがいい。変態がうつるから」

「だれが変態だ」

「きみだ。話しかけるな、けがらわしい。はやく帰れ」

「いっしょに帰らないかと、さそったのはそっちだろ」

「状況がかわったのだ」

「どうかわったんだよ」

「小山内さんがひいてる」

俺は彼女をふりかえる。

「だいじょうぶです、ひいてなんか、いま、せん、よ……」

かつてないほどのよそよそしさで、視線をそらして彼女が言った。

遠くの空で、新世界より、が流れ出す。結局、三人で帰ることにした。そのうちに小山内さんの様子も元にもどり、ふつうに話をしてくれるようになった。何をするわけでもなく、三人で夕方の町をあるくだけでたのしかった。ビルとビルのすきまから、西にかたむいた太陽がのぞいて、橙《だいだい》色の透きとおった光でてらされた。民家から、夕餉《ゆうげ》の支度をする音が聞こえ、換気扇《かんきせん》から醬油《しょうゆ》とみりんで味付けされた煮物のような香りがただよってくる。園児服姿の子どもを自転車にのせて帰る母親とすれちがった。スーパーのガシャポンの前に群れている黒いランドセルの小学生を見かけた。俺とツトムの話を彼女に聞かせる。ツトムの母親の話や、俺の兄の話や、兄のバンドの話もした。彼女から、家族の話も聞いた。父親の仕事の話を、彼女は語った。風景の影が暗く、濃くなっていく。水槽《すいそう》の魚みたいに、ゆっくりと坂道をくだる車。家の奥から聞こえてくる子どもの泣き声。つけっぱなしのテレビの音。三人で話をしながら見る風景は、うつくしく、胸がしめつけられた。

ならんでいる街灯に光が点《とも》るのを見た。前方をツトムと小山内さんがあるいて、俺はわざとすこしおくれて後ろについていく。商店街をおおぜいの人が行き交っていた。駅がちかづいて、にぎやかになる。人混みの騒々しさにまぎれて、おたがいの声も聞こえにくくなる。俺はツトムにちかづいて話しかけた。

「言ってなかったけど、おまえが小山内さんとつきあいはじめた日、昼休みに、あの子、屋上にきたんだ」

「しってる。きみと話したいから、二人きりにさせてくれって、言われたんだ」

何を今さらという顔で、さらに言葉をつづける。

「そのまま、もどってこないかとおもった。それでもいいと、おもっていた」

ツトムは彼女をふりかえる。小山内さんは、いつのまにか立ち止まって、商店街のいたるところに貼られている七夕まつりのチラシをながめていた。俺とツトムは、人混みのなかでむかいあう。大勢が俺たちを邪魔くさそうな顔でさけていく。

「小山内さんは、きみにふられたと、誤解しているんだ。だから、僕の告白にOKした」

「どうしてそうなる」

「きみが興味のないふりなんてするからだ。廉太郎、言っておきたいことがある。僕は、きみとおなじくらいの頻度で、授業中にいねむりをする」

「それがどうした」

「でも、休憩中に小山内さんがちかづいてきて、おこられたことなんか、一度もない。気づいてなかったのか。小山内さんは、きみにだけ、声をかけていたんだ。鈍感《どんかん》にもほどがある」

俺は返答にこまり、にげることにした。

「俺はあっちの道に出る。きみらはこのまま、まっすぐ行くといい」

「廉太郎、そっちの道はうす暗い。ここを三人でいっしょにあるいたほうが明るい」

「でも急に、一人になりたくなったんだ」

「そうか、じゃあ、無理には引き止めない」

「小山内さんには、てきとうに、用事をおもいだしたから急いで帰ったとか、そんなようなことを言っておいてくれ」

「わかった」

小山内さんはまだ、七夕まつりのチラシをながめている。真剣そうな様子の後頭部、ほそい肩の輪郭。彼女に声をかけないまま俺は脇道にむかう。

「廉太郎、ありがとう。僕は孤独じゃない」

彼の声がざわめきのむこうから聞こえたような気がしてふりかえる。人混みのむこうで、小山内さんにちかづいていく彼の姿がちらりと見えた。

街灯のない、うす暗い道をぬけて、別の通りに出た。そこは車が行き交う殺風景な道で、排気ガスの量もすごかった。駅前にむかいながら、すっかり暗くなった空を見上げる。俺は星座というものを、北斗七星《ほくとしちせい》とオリオン座くらいしかしらない。だから、頭上にある無数の星が、それぞれ、なんという名前なのかもわからない。

駅前の大型書店に入り、ひさしぶりにクラゲの写真集でもながめて、精神の鍛錬をすることにした。明るい店内をぬけて、写真集の棚で立ち止まり、大判の写真集をおそるおそる手に取った。ほんとうは触れることさえおそろしい。その姿を見ると、不安でたまらなくなる。一人で海に落ちたときの、もがいている様子がおもいだされる。地に足がつかず、真っ暗闇のなかにしずんでいき、自分以外にはだれもいない場所がよみがえる。さみしく、苦しく、かなしい気分になる。でも、毎日、すこしずつ、クラゲの正体不明な姿を目に焼きつけることで、だいじょうぶになっていくはずだ。宇宙にうかぶ霊魂のような姿に鳥肌をたてなくなるはずだ。こうして心をきたえることが、悲喜こもごもの人生のなかできっと大事なのだ。

写真集をながめて十三分が経過した。新記録だった。次のページに行くべきか、今日のところはこの辺でやめておくべきか。新たなページに掲載されている写真のせいで、トラウマがさらに深くなる可能性もある。しかし今日なら、どんなに壮絶なクラゲの写真でも、受け止められるような気がした。よし、と心に決めたとき、足音が聞こえてきた。

俺から数歩の距離で、足音がとまる。ふりかえると、スカートの膝に手をあてて、息を切らしている短い髪の女の子がいた。彼女は、俺を見て、照れくさそうに深呼吸し、制服や髪型をととのえる。走ってきたせいか、頰がすこしだけ桃色にそまっている。どうして彼女がここにいるのか、すぐには理解できない。俺はクラゲの写真集を開いたまま、ここにいる小山内さんのように見える人物は、はたして本物なのだろうかと、かんがえる。

「スニーカーで、よかったです」

息を切らしながら、彼女が言った。どこかすっきりとした、明るい表情である。

「格好良い靴だよね、それ」

彼女は、俺の持っているクラゲ写真集をちらりと見る。

「精神修行ですね。どうですか、クラゲは」

「やっぱり、嫌いだな。だって、脳がないんだよ」

「そこが、いいんじゃないですか」

写真集を棚にもどして、あらためて彼女とむきあう。呼吸が落ち着いてきたようだ。

「どうしてここに？」

彼女は顔をくもらせた。

「白鳥さんが……」

「うん」

「急に、別れようって」

唖然《あぜん》として言葉も出ない。

「別れ話をきりだされて、それから、走れって、言われたんです。まだ今なら、廉太郎さんに追いつけるって。まにあうって」

舌打ちした。今ごろツトムは、一人で改札をぬけて、電車に乗り込んでいるころだろうか。あいつは馬鹿だ。大馬鹿だ。

「それで、ここに。なんとなく、ここにいるんじゃないかって、そんな気がしたんです」

「奇妙だな。どうして、そんなことを、いきなり、あいつは言ったのかな」

俺は、唇をかんで、そう言ってみる。

「さあ、なぜでしょう。わかりません」

「俺もだ」

ほんとうは、わかっていた。おそらく、小山内さんも。

書店を出てあるいた。あたりは暗く、ならんでいるビルの看板やネオンがかがやいている。小山内さんが、俺やツトムの心理を、どれくらいの深さで理解しているのかは判断がつかない。走れと言われたから俺のところに走ってくるという行動の裏側に、どのような感情があったのか追及はしなかった。ツトムに言われたから走ってきた。今は、それでいい。俺たちはおたがいに、しらないふり、気づかないふりというのが、好きなのかもしれない。

駅前の大通りで歩道橋をわたることにした。ちょうど真ん中で立ち止まり、手すりによりかかって景色をながめた。ビルのあいだをふきぬける風が、彼女の制服のスカートをゆらす。小山内さんは、ついさっき七夕まつりのチラシで仕入れたという、夏の大三角形にまつわる、付け焼き刃の知識を口にした。ライトをつけた無数の車が歩道橋の下を通る。流れる星々の上に立っているような気がしてくる。

俺たちはまだ、正直に、いろいろなことをうちあけることができなかった。それでも、気配だけを感じていた。おたがいの心のなかにある気配だ。それをいつか、話す日があるかもしれない。あるいは、そんな日は永久にこないのかもしれない。

ここにひとつの三角形がある。空気の抵抗をうけて、もっともうつくしくゆらめく形、三角形だ。三つの点にはそれぞれの悩みがあり、性格があり、人生があり、おもいやりがある。二辺の長さの和が、のこりの一辺の長さよりも大きければ、三角形はこわれない。いつまでもおたがいの視界にいて、つながり、声をかけ、わらいあっていける。俺たちがいつまで、この三角形を維持するのか、それはまだわからない。でも、たとえ三角形がこわれても、俺とツトムなら、だいじょうぶなんじゃないかと、そういう気がする。三角不等式にあてはまらなくなったとき、また別の形と距離を、俺たちは作れそうな気がする。もうすこし、その確信がつよくなったとき、俺は小山内さんに、もっと別の話をできるかもしれない。つよがっていない言葉、本心から生じる嘘偽りない言葉を、口にできるかもしれない。でも、今はただ、何も言わずに、ならんでたっている。くっつかずに、はなれずに。小山内さんがつぶやいた。

「三角形はこわさないでおく」

うるさいおなか

1

授業をうけていると、私のおなかが、「きゅるるるる」と、音をたててしまわれた。ちかくの席の学友たちは、聞こえていて、聞こえないふりをしているのか、ただひたすらにノートとむきあっている。黒板の数式を書き写しているのだ。本当に聞こえていないのだろうか。いや、聞こえなかったはずがない。私のおなかの音は、本日もお元気だった。もしかすると、おなかが「きゅるきゅる」とおっしゃられるたびに、肩をすぼめて消え入りたい気持ちになるのは、私の自意識過剰であって、他の大勢の耳は、それを雑音として聞き流しているのではないか。おなかの発してしまわれた音を、だれかに聞かれても、なんともおもわないという豪気《ごうき》な性格の方もいるようだけど、私は、はずかしい。

私の腹は鳴る。とても頻繁に、鳴っておしまいになる。私はハラナリスト。この主張はげしいおなかの持ち主になって、もうすぐ十七年になる。小学生のときは気にならなかったが、中学生になって毎日が赤面の連続だった。授業中、しんとした教室にひびきわたる怪奇音。思春期になるまで気づかなかった。自分のおなかは、他の学友たちのおなかとは異なっておられる。授業中、友人のおなかに耳をすませても、音が聞こえてきたことなんか一度もなく、実に静寂《せいじゃく》。それにひきかえ私のおなかといったら、こわれた洗濯機のよう。音の大きさも、鳴る回数も、学友たちのおなかを圧倒しておられる。

空腹時はとくにお元気でいらっしゃる。「ぐー」という例のやつ。あれは、からになった胃が収縮し、中の空気が押し出されて鳴る音だと、なにかの本で読んだ。腹鳴り、というこの現象を、どのように防止すればよいのか？　空腹状態になることを避けるのが、恥をかかない手段のひとつである。胃の中に物を入れると、音の大きさ、鳴る回数、ともに減少する。しかしそれは絶対ではない。おなかの音という脅威の前に、絶対は、ない。

食事の後、満腹感のある午後の授業中にだって、鳴るときは、鳴っておしまいになる。今度は消化された食物が腸内を移動する音なのだろう、「こぽこぽ、こぽこぽ」と深海をゆく潜水艦のごとき音を発してしまわれる。授業中、私の周囲だけ深海である。多種多様な深海生物まで見えそうなほどである。おなかを静寂へとみちびく決定的な方法はいまだ存在せず、それはすべてのハラナリストたち共通の夢であり課題である。

ところで冒頭、私のおなかは「きゅるるるる」とおっしゃられてしまったが、これは比較的、ありふれた音と言えよう。音の種類は、「こぽこぽ」「ちゃぷちゃぷ」など様々なものがある。低音から高音まで、歯切れのいい音から長くのびる音まで、私の体内でなにがおこなわれているの、と心配になってくるような、奇天烈《きてれつ》な音を奏《かな》でてしまわれることもすくなくない。消化された食べ物と、腸の蠕動《ぜんどう》だけで、なぜあのような、バラエティにとんだ音が発せられるのか。たとえば、天使がステッキをふりまわしているかのような「ぴぴるぴるぴるぴぴるぴー」という音。実際にそのような音が自分のおなかの奥から聞こえてくると、本当に天使がひそんでいるのではないかとおもえてくる。でも、天使なら、かまわない。私のおなかは、たまに化け物じみた音を発してしまわれるから油断ならない。

三年ほど前のあの日、私のおなかが、もうすこしおだやかでいてくださったなら、中学を卒業していく寺島《てらしま》先輩の学生服のボタンを、もらえていたのかもしれない。その日のことはわすれもしない。

桜のうすい花びらが、私の目の前をたてによぎって、ひも靴の甲の部分にのった。雀《すずめ》たちが地面に降りたち、何羽もあつまって、日だまりのなかでさえずっていた。顔をあげ、桜の黒いごつごつとした幹《みき》に体の半分をかくし、校門のほうをうかがうと、寺島先輩がひとりであるいているのが見えて、私は、心許《こころもと》ないような、かなしいような、うれしいような気分になった。

木の後ろにいつまでもかくれていないで、すぐに走り出せばよかったのかもしれない。先輩の前にたちどまり、赤面しながらも、ボタンをくださいと、言えばよかったのだ。そしてすぐにその場をたちされば問題はおきなかった。でも、私はいつまでも木の陰でうじうじしていた。すると、おなかが、化け物のうめき声のような音を発してしまわれたのである。

そばの地面にいた雀たちが、いっせいに飛び立ち、空の彼方《かなた》へ一目散《いちもくさん》に逃げ去ったのは、おなかが発してしまわれた重低音を聞いて、生命の危険を感じたせいにちがいない。気のせいか、音の振動がつたわり、桜の花びらもはらはらとおおく舞い散ったようにおもえる。はなれたところで、寺島先輩が足をとめ、いぶかしげな様子で周囲に視線をめぐらしたから、私はあわててかくれる。一瞬、確認できた先輩の表情は、茂みにかくれている猛獣の息づかいを聞いた旅人のそれであった。

そのような状況でもなお、先輩の前に顔を出せるほど、私の心は強靭《きょうじん》ではなかった。私は、もう、見つからないようにするのが精一杯で、音の正体が私のおなかであることを知られまいと、桜の後ろにうずくまり、おなかをおさえつけて時間がすぎるのを待った。

すこしたって、頭や肩にのった花びらをはらいおとし、木の陰から出てみると、もう寺島先輩は行ってしまい、姿は見えなかった。体育館のある遠くのほうから、卒業する先輩方の、はなやかにおしゃべりするざわめきが聞こえてきた。私は立ちすくんで、制服のうえからおなかをさすり、泣きたいような気持ちになった。

その日のことを、今でも夢に見る。雀よ逃げないで、とつぶやきながら目覚める。ベッドの端にすわり、鼓動《こどう》の速くなった心臓のあたりをおさえて、呼吸がととのうまでじっとする。それでも、自分のおなかを呪わしくおもうことはしない。しないと、決めていた。そうでなければ、私を産んだ母に、申し訳ないような気がした。

父と祖父母の話を総合すると、母もまた、頻繁におなかのなる女性だったという。それこそ、この世に存在するあらゆる音が、体のなかにつまっていたようだったと父は言う。サバンナに降る雨のような音も、密林にとどろく雷鳴のような音も、風がふいて湖面にさざなみができるような音も、母のおなかから聞こえてきたそうだ。私のなやみの種であるこのおなかは、母の血を受け継いだことによる遺伝なのだ。

母は私を身ごもったとき、心配していたという。あまりにもたびたびおなかが音を出すので、胎内の赤ん坊があんしんして眠れないのではないかと。私は母の心中を察する。そして、結婚し、子どもを授かってまでも、これになやまされるのかとおもうと、途方にくれる。

母のおなかが、音を発しなくなったのは、私を産んだ直後だった。私が出るのと入れちがいに、母は逝《い》ってしまい、体温をうしなった体は、ただしずかだったと父は言う。


「高山《たかやま》さん」

雨の日の、ある放課後のこと、名前をよばれてふりかえると、校舎の長い廊下に、同級生の春日井《かすがい》君がたっていた。梅雨《つゆ》入りして以来、窓のむこうは、いつも暗い。

「話があるんだけど、いいかな」

春日井君の髪が、蛍光灯の下で、ブラウンにかがやく。髪の毛を染めている男の子が、私は、こわい。彼と話したことは、一度もなかった。高校二年生に進級し、同じクラスになり、まだ二ケ月とすこししかたっていないので、彼がどんな人なのかも、よくわからない。

「話？」

「そう」

まじめな顔つきで、彼がうなずく。私は、今まさに帰り支度をととのえて、校舎を出ようとしていたところだった。コンビニへおもむき、コンニャクマンナン入りのビスケット、商品名『ぐーぴたっ』を購入するつもりでいた。昼食から時間がたっており、ふたたび私のおなかは空腹を感じておられた。平常時よりも、爆音を発してしまわれる確率が高く、一刻も早く胃袋にビスケットを投下し、どうか鎮まりたまえと、両手をあわせなくてはならない。

「今は、ちょっと……」

「いそいでるのか」

「うん」

身長は私とおなじくらいで、細身の体を白い半袖の制服につつんでいる。とくにその目は、ネコ科の動物をおもわせる。頬にマジックでひげを描いてみたら、よくにあうだろう。

「話、すぐにおわるんだけどな」

女子と会話するのになれているような物腰であり、それがまた、私にはこわくて、春日井君がちかづいてくると、おもわずあとずさった。

「あ……」

ふと、春日井君は、おどろいた様子で、窓の外をふりかえる。黒い雲から、雨粒が生まれ、窓ガラスにあたって、ながれていた。彼は外を見つめ、数秒の間、雨の音だけが私たちの間にある。

「ぶつかったかな」

眉間にたてじわをよせ、いくらかするどい目つきで、彼はつぶやいた。私がその言葉を理解できずにいると、彼は横目でちらりと私を見る。

「今、遠くでタイヤのスリップする音と、金属のひしゃげるような音がした」

私には、そのようなもの、聞こえなかった。そんな音がすれば、学校中、おおさわぎになるのではないか。でも、校舎はただ平穏である。彼は、私をだまして、からかっているのだろうか。私の沈黙を、どのようにとらえたのか、彼は話を続ける。

「安心していい。悲鳴は聞こえなかった。たぶん、だれも轢《ひ》かれてない」

目を細めると、次に彼は、私のおなかをじっと見つめる。制服の上から体内の消化器官をさぐるような視線である。

私はおどろき、それから羞恥《しゅうち》で全身が熱くなった。

「俺、人よりも耳がいいんだ」

処刑人の宣告を聞くようなおもいがする。

彼が何を言わんとしているのかをさとった。このことを、面と向かってだれかに言われるのははじめてである。これまでの学友たちは、やさしく無視をしてくれた。あるいは、自動的に雑音として聞き流してくれているのかもしれないと、私におもわせてくれた。でも、春日井君は無情にも言ってのける。

「だから、聞こえてくるんだ。例の、その、たまに高山さんのおなかから聞こえてくる、雑多な種類の、バラエティにとんだ、冗談のような、ユーモラスな、天使がステッキをふりまわしてるような、洗濯機みたいな、深海をおもわせるような、つまり例の……」

おなかの音。

「人間の肉体ってやつは、まるで楽器みたいだよね。ねえ、高山さんも、そうおもわない？　人体はいつも、音楽を演奏してるんだなって」

首が熱くなり、顔が燃えるようになり、私は勢いよく後方をふりかえると、その場を全速力で逃げ出した。呼びとめる彼の声が、聞こえる。

泣きそうな気持ちで、傘をさしてあるき、学校の近所のコンビニにはいった。レジにならんでいると、おなかが奇天烈な怪音を発してしまわれ、それがまた不気味な音であったせいか、前にいた女性に負われている赤ん坊が火のついたように泣き出した。赤ん坊のトラウマにならなければいいが……。

自宅にもどると祖父母が交通事故の話をしていた。一時間ほど前に町のはずれで、スリップした車の追突事故があったというのだ。ちょうど春日井君と話していた時刻である。私は彼の顔をおもいだし、平静ではいられなくなった。でも、今度は羞恥よりも、憤りのようなものがつよかった。なにも、私を呼びとめて、わざわざ指摘してくれなくたっていいではないか。なにが音楽だ。アホか。

2

私は学校で、物静かな印象の女子生徒だということになっている。おなかはちっともおしとやかではないのだけど、だからこそ、身だしなみも、性格も、つつしみぶかくしておいて、ようやくプラマイゼロだとおもっている。そのような外面の印象を無理してつくっているというわけではなく、他人の印象と、自分が把握する自分自身の性格は一致している。教室でなかよくなり、休憩時間にいっしょにいる生徒が、いつも、温厚な女の子たちばかりなのは、類は友を呼ぶということなのだろう。私も、友人たちも、だれかの注目をあつめるというのが苦手で、たとえば授業中も、手をあげて先生に質問するといったことはできない。ファミレスにはいって、店員をよびとめることさえ、なんだか、こわい。だから、私にとって、おなかが鳴ってしまわれるということは、ふつうの人以上に、やっかいなことなのである。

授業の合間の休憩時間に、何人かの生徒が春日井君の周囲にあつまって談笑していた。しかし彼はあまりたのしくなさそうな表情で、周囲の者がわらい声をあげたときも、ただねむたそうな顔でぼんやりとしているだけだ。それなのに、男子も、女子も、不良めいた人も、春日井君に話しかける。友人の数は多いらしい。

敵のことをよくしらねばとおもい、なかのいい女子に、春日井君のことをたずねてみた。女子の間で評判はよいらしいのだけど、温厚な友人が、だれかを悪く言うことはすくないので、あまりあてにはならない。

春日井君が窓際の席で、机につっぷして眠っていると、退屈した猫がまるくなっている様子を想像させる。その後、目覚めた彼のブラウンの髪に寝癖《ねぐせ》がついていたので、それを見た女子が折りたたみ式の手鏡を見せ、スプレーを貸し、かいがいしく寝癖をなおしてあげていた。彼はそうしてもらう行為になれている様子であり、女子のほうも彼の世話をするのがたのしそうである。

また別の休憩時間には、けだるげな表情で梅雨の雨雲を見ながら、春日井君の指先が、とんとんとん、と机の表面でリズムをとっていた。両耳にイヤホンをはめて、ポータブルプレーヤーで音楽を聴いている。休憩時間の教室の騒音から逃げ出そうとでもしているみたいに。私とは逆である。大勢のざわめいている教室ほど居心地のいい場所はないと私はおもう。学友たちがいっせいに会話をしている最中なら、おなかが謎の音響技術によって映画館さながらの音波を発してくださろうと、騒々しさにまぎれてわからなくなるからだ。

三時間目の後の休憩時間に、トイレで『ぐーぴたっ』を胃に補充するのが私の習慣だった。おなかが空腹を感じてしまわれる四時間目が私の勝負どころなのである。授業中に怪音を鳴らしてしまわれるのか、鳴らさずにすませてくださるのか。生きるか、死ぬかだ。とおもったら、その日にかぎって『ぐーぴたっ』を持ってくるのをわすれていた。

このままではいけない、と心配していたら、休憩時間の終わりごろ、おなかがさっそく「くるるるる」と鳩《はと》の鳴き声らしき音を発してしまわれた。平和の象徴である鳩の声が、なぜ自分の体内から聞こえてこなければならないのか。幸いにもそれは周囲のざわめきにまぎれてくれた。

でも、一人だけ、音が鳴った瞬間に私の方をふりかえった人物がいる。私は廊下側の端の席だから、窓際の春日井君の席までは、ずいぶん距離がある。それなのに、聞こえてしまったらしい。さっきまでねむたそうにほおづえをついていた彼が、ぱっと目をひらいて私のほうをむいたのである。おそろしい人。彼は、鳩を狙っている猫のように瞳を光らせ、私にむかって、かるく手をふったのである。

私は、こわいやら、はずかしいやらで、心をもやつかせながら、おなかをおさえて前屈みになる。その状態でおなかに力を入れると、音を発してしまわれる確率がいくらかさがることを、私は経験的にしっていた。

四時間目の授業がはじまり、先生が小テストをおこなうと宣言したとき、私はもう、生きているのが嫌になった。小テストがこわいのではない。私が本当におそれているのは、しんとしずまりかえった教室である。学友たちが無言で問題を解いている、あの静寂な時間ほど、私を苦しめるものはない。そのようなしずけさのなかで、おなかが鳴ってしまわれると、普段の百倍は大きく聞こえてしまうものであり、学友たちの目は爆心地にすわる私をいっせいにふりかえることだろう。

小テストの最中、三度、私の体内で鳩が鳴いた。「くるるるる、ぽっぽー」と鳴いた。一度目のとき、都合よく先生が咳《せき》をしてくれたので、大事にはいたらなかった。二度目のとき、おなかの奥できゅうっとしぼられるような気配が直前にあって、これは鳩が鳴く、と予感した私は、プリントをがさがさとうるさくすることで対処した。先生に注意をうけたが、致命傷《ちめいしょう》をまぬがれた。三度目、これは響いてしまった。おなかが、鳩のものまねを、ついに静寂のなかで披露してしまわれた。このようなとき、私はもう、うつむいてしらを切るしか方法がない。今の鳩は私のおなかではありません、というそしらぬ様子で小テストの問題をただ見つめた。私を救ったのは、だれも、何も言わなかったことだ。問題を解くことに精一杯で、周囲の雑音など聞こえていないのか。あるいは、やはり、私の自意識過剰なのか。もしかすると、本物の鳩が外で鳴いているものと、かんちがいしてくれたのかもしれない。これが鳩をおもわせる音ではなく、たまに鳴り響く、得体のしれない不気味なドルビーサラウンドであったなら、学友たちはテストどころではなく、いっせいに立ち上がり、おまつりさわぎであったかもしれない。

小テストがおしまいになり、後ろの席の人がプリントをあつめるとき、春日井君のほうを見ると、彼は私にむかって指を三本たてて、目を糸みたいにほそめてわらっているのであった。血の気がひいた。しっかりと彼には聞こえており、回数までも数えていやがった。

クラスメイトになった四月からずっと、耳のよい彼にだけは、聞こえていたのだろう。私のおなかが発してしまわれるはしたない音は、彼の健全な学校生活に重大な弊害をもたらしていたのかもしれない。以前、学校のそばで道路工事の音がしていたとき、私は、おなかの音がまぎれてたすかったのだけど、他の学友たちはいまいましそうにしていた。春日井君は、そのときの学友たちと、おなじ気持ちだったのではないか。だとしたら、私が彼に怒るのはすじちがいというもので、怒られるべきなのは私の方かもしれない。春日井君と同級生になった運命を私はうらめしくおもう。そもそもこの高校に入学していなければ彼とは会わずにすんだのに。

でも、私はどうしてもこの高校に入りたかった。中学三年の春、担任教師に進路を告げたときは、おどろかれたものである。もっと上のレベルの高校をねらえるぞ、とも言われた。でも、ここがよかったのだ。寺島先輩が通っていたから。

梅雨前線が日本の上空から消え去り、七月になると急に暑くなった。教室にさしこむ陽光もかがやきをまして、下敷きをうちわのようにあおいで風をつくる生徒の姿をちらほらと見かけた。

寺島先輩とはじめて言葉をかわすことができたのは、春日井君に三本指をたてられた翌週の放課後であり、そのような奇跡が自分の身に起こるなど想像しておらず、私は心構えをしていなかった。

高校に入学して以来、一学年上の寺島先輩の姿を校舎内でさがしてまわることが私のささやかなたのしみだった。先輩があるいているのを目撃したなら、こっそりと背中をおいかけ、先輩の靴がふんだ場所に自分も靴をかさねてみた。

その日は初夏らしい気持ちのいい天気で、放課後になると、空が夕焼け色にそまった。帰り支度をした私は、参考書や問題集をかかえてあるいている先輩の姿を目にとめ、さっそく尾行を開始した。図書室にむかっているらしい。大学受験にそなえて勉強するのだろう。校舎の長い廊下を先輩がすすみ、私がついていく。窓のサッシが夕日の赤い光を反射してかがやいており、先輩と私の影は長くのびて廊下の床と壁にLの字を書いた。そうした一方的な追いかけっこの最中にそれは起こった。私のおなかが、奇怪な音波を放出してしまわれたのである。血に飢えた猛獣がうなっているかのような、人の魂を寒くするような、不気味な音であった。

寺島先輩は、肩をふるわせて立ち止まり、緊張した面持ちで後方をふりかえって、ついに私と目が合った。逃げることもできず、私はいっそのこと死んでしまいたいとおもった。しかし先輩は、音を発した私のことを責めもせず、わらいもせずに、こう言うのだ。

「今の、聞こえたか？　僕は、前にも、あの不気味な音を聞いたことがある」

額にうかんだ汗を手の甲でぬぐいながら、寺島先輩は、慎重に、隙を見せては殺されるとでもいうように、辺りに視線をさまよわせる。音源が目の前にいる私のおなかであることに気づいていないのだ。先輩が天然でたすかった！　私は、この幸運を逃してはいけないと、しらないふりをする。

「今の音、なんだったのでしょう？」

「さあ、わからない。きみにも、聞こえたんだね」

いつのまにか先輩とならんで立ち話をするような格好になっていた。先輩の胸板まではーメートルほどの距離があり、このように間近で対峙《たいじ》したことはかつてなかった。私は幸せでめまいのするような心地だったのだけど、先輩はあごにかるく手をあて、身内に不幸があったかのような顔つきで思案にふけっている。西日が顔にあたり、逆の側面に黒い影ができている。

「さっきのような音を前にも聞いたと言ったけど、それは中学の卒業式の日だった。僕は、今でもたまに、あのおそろしい音をおもいだしてこわくなる。茂みのむこうに虎がかくれていて、舌なめずりしながら、僕を狙っているかのような音だった。なにか、悪いことの予兆でないといいが」

「気のせいでは？」

「いや、実際に、不幸があったのだ。前にあの音を聞いた夜、ペットの犬が死んでしまった」

「偶然とは、おそろしいものです」

「そうだろうか。地獄の底から聞こえてくるような、頭が恐怖でどうかしてしまうような音だったよ」

先輩は憂鬱《ゆううつ》そうな表情をする。私はおなかをおさえて、今だけは空気をお読みくださいと、心の中でうったえた。あの、おそろしい音が、私の体内から発せられたものだとしられるわけにはいかないのだ。

「僕は、ほっとした。あの音が、自分の頭の中にだけ聞こえていたのではないとわかったから。だって、この数年間、自分には幻聴《げんちょう》の癖があるのじゃないかって、心配してたから」

ああ、もう本当に、私は島流しになるべき罪人だ。私が自己嫌悪でくちごもっていると、先輩も、だまりこんだ。外の方から、飛行機の飛んでいるかすかな音が聞こえてくる。今、外に出れば夕焼け空に直線がひかれつつあるのかもしれない。先輩と、目があった。

「きみ、前にもどこかで会った気がする」

「中学がおなじです」

「名前は?」

「高山です」

「僕は、寺島だ」

「しってます」

「どうして?」

「剣道部の試合、いつも見に行ってました」

「剣道が好きなのか?」

「いえ……」

「じゃあ、どうして」

「それは……」

返答にこまって、ふたたび沈黙がおとずれる。でも、悪い雰囲気ではなかった。気恥ずかしいような、なにかが今からはじまるような、胸の高鳴る空気が私たちの間にあった。

「今から図書室に行くんだけど、いっしょに行くか？」

寺島先輩が言った。

「もっと、さきほどの怪音について話をしたい」

もちろんです、と言いかけて、私は、寸前でやめた。

「む、無理です。それは、できません。用事があるので、すぐに帰らないと」

「そうか、残念だな」

図書室になど行けるはずがないのだ。そこは私にとっての鬼門であり、永遠に渡航許可のおりないエル・ドラド。何の罪もない人々が読書をたのしむ場所であり、常にしずけさがただよっている。そのようなところでおなかがひょうきんな音を発してしまわれたらと、想像するだけでおそろしかった。

「では、またね、高山さん」

私の願望がそうおもわせるのか、先輩は、なごりおしそうに言って、図書室のほうに遠ざかった。廊下をてらしていた夕焼けは、いつのまにか暗くなっており、白い蛍光灯がぶつぶつとまたたきながら点灯した。もしも、いっしょに図書室へ行けるようなおなかであったなら、と後に私は後悔する。でも、その日はしあわせだった。

3

夏がちかづき、空が高く、より青くなる。授業中、蟬《せみ》の声がしはじめると、おなかの発してしまわれる音がすこしでもまぎれるような気がして、蟬に感謝の念をいだく。寺島先輩と、顔見知りになった。校舎でお互いにすれちがうとき、私であることに気づくと、会釈をかえしてくれた。以前は言葉をかわすこともできず、天文学的な距離にいた先輩が。

「最近、いいことでもあったのか」

春日井君がいつのまにか、私の前の席にすわって足を組んでいるので、夢見心地の気分はふきとんだ。教師の風邪で自習になった教室では、勉強している者などおらず、いくつかの小集団が形成されて雑談の場となっていた。春日井君が、顔をのぞきこんでくるので、顔をそむけた。私はこの男が苦手である。

「これまで、私のおなかの音がうるさくて、勉強の邪魔していたのだとしたら、ごめんなさい」

意を決してそう言うと、春日井君は、きょとんとした表情になり、それから目を細めた。

「高山さんは、おもしろい人だな」

春日井君は両耳に手をあて、私のおなかにむかって耳をすませた。

「おお、鳴りよる、鳴りよる。どろどろと、雷鳴のような音が」

私は、はっと気づいて、おなかに手をあてると、できるかぎり椅子をずらして春日井君から距離をとる。

おなかが発してしまわれる音には大小があり、大きな音だけが皮下脂肪《ひかしぼう》をふるわせて外の世界にもれ、世間の皆様方にご迷惑をかけてしまうのである。その一方で、体外にもれないほどの小さな音は、ほぼいつでも、おなかのなかでひびいている。

うそだとおもうなら、だれかのおなかに耳をあてさせてもらうといい。常時鳴っているひみつの音楽が聞こえてくるはずだ。

しかしこの、腸の蠕動と、食物の移動するささいな音は、ふつうの者には聞こえないはずである。それなのに、この距離からなら、春日井君の特別な耳には聞こえてしまうようだ。

「あっちに行って」

辱めにたえながら、私は声をしぼりだした。

「すまん。悪気は、なかったのだ。ただ、今はどんな音が鳴ってるのかと、気になって気になって、どうしようもなかったものだから」

変態、の二文字が頭の中にうかんだ。このおそろしい男は、変態というやつにちがいない。しかし、それほど親しくない人に対して、変態などと言ってのけるほど、私はくだけておらず、我慢の限界がくるまでは、せめておだやかに、淑女《しゅくじょ》の対応をしようとおもった。私は、物静かな印象の女子生徒なのであり、しとやかにふるまうことで、ようやくプラマイゼロなのだから。

「それにしたって、高山さんのおなかは、まるでジュークボックスのようだね。いろんな音が入ってる」

「あっちに行け、このド変態！」

こんなにも低い声が自分にも出せたのかと、感心したほどである。しかし、私がどんなにこわい顔でにらみつけても、春日井君は動じず、ブラウン色の前髪を鼻歌まじりにもてあそんだりする。この男、変態と言われなれている。私は震撼《しんかん》せざるをえなかった。

春日井君は、ひとつ咳払いして、私にむきなおる。

「この前は、最後まで言えなかったけど、俺は、高山さんにお願いがあるんだ」

いくらか顔つきもまじめになって、今度は何が出るのか、と私は心構えをする。しかし、彼は、言うべきか、言わざるべきかという逡巡《しゅんじゅん》を見せて時間がすぎる。

「いや……。やっぱ、いい。また、今度にする」

鼻の頭をかきながら、私の視線をさけてつぶやいたかとおもうと、春日井君は立ち上がり、奇術師がポケットから兎《うさぎ》でも取り出すみたいに、どこかからＣＤ‐Ｒをとりだして私の机に置く。

「これ、なに……？」

「音楽がはいってる」

「だれの？」

「俺の。俺が作った曲なんだ」

ロックバンドのような活動をしているのかと想像し、あらためて、こわい、とおもった。自作の曲をCDに焼いて、同級生にくばる男子、私は、こわい。

しかしそれは誤解であることがわかった。その夜、自室でおそるおそるCDをプレーヤーにかけて、どんなこわい目にあうのかと心配しながら再生してみたのであるが、聞こえてきたのは歌詞のない電子音楽で、素人の私にでも、それがよくできた曲だというのがわかった。すこしの間、音に耳をすませていると、春日井君が作ったものであることをわすれて感動した。清らかなもの、軽やかなもの、不吉なもの、禍々《まがまが》しいもの、といった様々な雰囲気の曲があった。電子音だけでなく、雨音や、木のざわめき、子どものわらい声のようなものが加工され、音楽のなかに溶けている。あっとおもう瞬間が、彼の音楽を聴いているときに、ある。どこかで見たような景色が、火薬がはぜるように、一瞬のうちに頭の中へひろがるのだ。たとえば、螺旋《らせん》階段の中心を、グランドピアノが落ちていくような風景。何かの映画のワンシーンだろうか。

翌日。一時間目の授業が終了し、休憩時間になると、春日井君が席を立ちあがり、私のところにやってこようとするのが見えた。音楽の感想を聞くためだろうと、私はすぐに察したが、そうかんたんに、変態と言われなれている男と対峙したくはなかった。できれば一生。

私は立ちあがり、おなかに鞄をおしあて、音がすこしでも遮蔽《しゃへい》されるように工夫すると、一定の距離から彼を近づけさせないようにじりじりと逃げ回った。しかし春日井君は、猫のような軽やかさで私にちかづいてくる。そうやって逃げているうちに、次第に二人で円を描くようなうごきとなり、ぐるぐると私たちは、友人の席のまわりを周回し、中心にいる物静かな友人は、教室の注目をあびてはずかしそうにうつむいていた。

注目をあびるのは、私も友人同様、好むところではない。しかたなくあきらめて、自分の席で彼とむきあった。音楽の感想をつたえて、あれは何というジャンルなのかと聞いたところ、エレクトロニカのようなものだ、という返事をもらった。

「雨音っぽいのが、音楽にまじってたね」

「サンプリングしたのを、つかったんだ」

サンプリングというのは、過去の曲や音源の一部を引用し、再構築して、新たな楽曲を製作する音楽製作・表現技法のひとつ、または実際の楽器音や自然の音をサンプラーで録音し、楽曲の中に組み入れることである、というような説明が、ウィキペディアに書いてあり、なるほどと私はおもったものである。

夏休み直前の学校で、ふたたび寺島先輩と立ち話をした。暑さが本格的になり、制服に汗がしみこむようになると、はやく秋にならないかなとおもう。衣替えの時期になると、夏のうすい制服をもう着なくてすむ。冬に着る、厚い生地の学生服のほうが好きである。だってその方が、おなかの発してしまわれる音を、何デシベルかちいさくしてくれるはずだから。

「今から友人の部活を見学に行くんだけど、きみも行くかい」

放課後の校舎で、偶然をよそおってちかづき、あいさつしてみたところ、寺島先輩がそのようにさそってくださった。

「部活、ですか？」

「うん。茶道《さどう》部なんだが、お茶菓子を食べられるらしいよ」

「茶道部……」

「校内の喧噪《けんそう》をわすれて、しずけさのなかでお茶を飲むんだ」

「しずけさのなかで……」

「前に一度、やってみたことがあるのだが、あれは、しずけさを感じるものだったよ」

ずいぶん迷った末に、私はそのさそいをことわった。お茶をたしなんでいる最中、おなかが怪奇音を発してしまわれたら、口にふくまれていたものがいっせいにふきだし、部室は地獄絵図になるだろう。

「この後、用事が……」

「そうか。うん、わかった。さようなら、高山さん」

手をふってあるきだす先輩を見送りながら、私の頭の中は、それでも幸福につつまれていた。この交流を最後に、二度と会話をすることはないなどと、想像もしていなかった。

終業式を経て、夏休みに入ると、私は近所のゲームセンターでアルバイトをした。その店は煙草を吸う客がおおく、空気がわるくて苦手なのだが、様々なゲーム機の筐体《きようたい》からながれてくる電子音で店内は常に騒々しく、それが好都合なのである。おなかがどんなに珍奇な発言をされても、かきけしてくれる。

八月のある昼下がりに、一度だけ春日井君から電話があった。どうやって私の携帯電話の番号をしったのかと問いただすと、同級生の女子から聞き出したとのことだった。私は、この男に連絡先をしられたことに危機意識を抱き、携帯電話の番号を変えるべきではないかと咄嗟にかんがえたのだが、彼は私の心配をよそにあそびのさそいをする。

「今、クラスの奴と、何人かであつまってるんだけど、お前もこないか」

そのころ彼は私のことをお前呼ばわりするようになっていたが、私は許可したおぼえがない。教室で音楽の感想をつたえたり、おなかが音を発してしまわれて春日井君と目が合ったりすることで、なにやら彼の方は、私としたしくなったつもりでいるようだが。

「大勢であそぶの、あんまり好きじゃないから」

「映画をみんなで観るだけだ」

「何の映画？」

「アカデミー賞候補になったやつ」

題名を聞いたところ、人間ドラマの映画だった。

「私は、銃撃シーンや、爆発シーンのある映画しか、劇場で観ないようにしてるから」

「意外だな」

「この世には、しずかな映画と、さわがしい映画の二種類がある。私は、しずかな映画を劇場で観たくない」

「あ、そうか」

彼は私の心中を察してくれたようで、しつこくさそってはこなかった。まじめでシリアスな映画がクライマックスの最中、すっとこどっこいな音をおなかが発してしまわれたら、そこにいたすべての人の不幸である。

「また今度、別の映画を観に行こうぜ」

そう言うと、春日井君は電話を切った。

すこしたって、また携帯電話が鳴り出したので、またあいつかとおもったのだけど、今度は中学時代の親友だった。彼女とは別々の高校に進学したのだが、たまに会って遊んだりもするし、私が寺島先輩を追いかけていることもしっている。ただ、おなかの音についてては、親友といえども話題に出たことはない。私が傷つくからと、あえてふれないようにしているのだろう。

親友の電話は、おどろくべき知らせであった。寺島先輩が町で女の子と歩いているところを、たった今、目撃したというのである。私は問いつめて、一部始終を細部まで聞き出したのだが、どうしてもしんじられず、おそらくこの親友は、寝ぼけて夢でも見ていたのだろう、ということにした。

それでも心のざわつきをおさめることができないまま数日がすぎ、バイト先のゲームセンターでUFOキャッチャーの景品をならべているとき、ついに私は決定的な場面を見てしまったのである。自動ドアを抜けて、八月の明るい日ざしのなかから入店してきたのは、寺島先輩と、私のしらない女の子だった。私はUFOキャッチャーの陰から、仲むつまじくプリント倶楽部を撮っている二人の様子をながめ、彼らが移動すれば、見つからないようゲーム筐体の背後にはりつき、二人の関係を観察してみたけれども、それはどう見ても恋人同士という雰囲気であった。

後にだれかから聞いたところによると、相手の女の子は寺島先輩の同級生であり、図書室でいっしょに受験勉強しながらしたしくなったとのことで、自分の踏みこめない場所で愛がはぐくまれたのだという皮肉に、神の意地悪さを感じたものである。

二学期になり、学校の廊下ですれちがうときも、寺島先輩はその女の子とならんであるいていることがおおく、私たちの会釈をしあう回数は減った。やがてついには、素通りするようになり、それがふつうになってしまった。


九月中旬のある日のことだ。寺島先輩のことが原因で、やる気のおきない日々をすごしていた私は、食欲もわかず、何も喉《のど》を通らないという状態だった。しかし空腹になればおなかが大事件を起こしてしまわれるので、何も食べないわけにはいかない。三時間目の後の休憩時間にはトイレで『カロリーメイト』を、お昼休みには『SOYJOY』をかじる。放課後の空腹感に対処するため、お昼休みの間に購買で『ぐーぴたっ』を買っておこうとおもったら、めずらしく売り切れていた。

天気予報が宣告していたとおり、午後から雨がふりだした。粒のひとつが小さなボタンくらいはあるような本気の雨であり、ぼたぼたぼたとアスファルトにたたきこまれる雨粒の一斉掃射《いっせいそうしゃ》は、生命の危険を感じさせるほどの迫力があった。放課後になっても雨のいきおいは弱まらず、窓ガラスには雨粒がはりついて滝のように流れ落ちていた。

天気予報をチェックしていなかったおろかな生徒たちは、傘を持ってきておらず、帰宅の手段のないまま、蒼白《そうはく》な顔で外をながめ、自分のうかつさをはじていた。ざんねんながら、私もその一人である。

　校舎の長い廊下にたっていた。空が暗いため、蛍光灯が点灯し、白々と辺りをてらしている。寺島先輩のことをおもいだして、泣きそうになるのをこらえた。そのとき、窓ガラスにうつりこむ私の背後に、ブラウンの髪の少年が通りかかって、猫のような満月の瞳に光を反射させせながらちかづいてきた。

「ここに傘が二本ある」

　春日井君は左右の手に一本ずつ、紳士用の黒い傘をもっていた。

「どうして、二本も?」

「持って帰るのをわすれて、ロッカーに置きっぱなしだった。でも、一本は俺のだ」

「もう一本は?」

「だれに貸そうかな」

　彼は思案するように手をあごのところへもってくる。

「ここに一人、傘を借りたがってる女子がいる」

「そうか、偶然だな。はやく雨がやんで、帰れるようになるといいね」

　そう言って春日井君があるいていこうとするので、私はひきとめた。

「わざわざ話しかけておきながら、貸さないつもりなのか」

「見せびらかしたかっただけだ。傘を借りたがってる奴は大勢いる。そのなかから、なぜお前を選ばなくてはいけない」

「たしかに」

「でも、高山さんには世話になってるから、この傘、貸してあげてもいい」

「いつ、世話をしたっけ」

「インスピレーションをくれてるじゃないか、音楽の」

春日井君の言ってることの意味は、あいかわらず、わからない。

「そこの視聴覚室で、すこしだけ、話をしよう。そしたら、この傘、貸してあげるから」

彼はそう言って、目の前にある視聴覚室のドアを指さしたのである。

4

だれもいないことを確認して、視聴覚室に入り、蛍光灯をつける。カーテンを開けようとすると、春日井君が制止した。雨音を軽減するためにカーテンはしめておこう、とのことだった。彼は人よりも耳がいいらしいから、雨音がよけいに気になるのかもしれない。

春日井君は二本の傘を椅子にたてかけ、私たちは机をはさんでむかいあうようにすわる。室内はしずかで、おなかが音を発してしまわれるのではないかという不安があったけれど、傘もほしかった。それに、この男なら、おなかの音を聞かれても、まあいいか、とおもえる。たぶん、今さらであるし、先輩に聞かれるのとは、わけがちがう。

春日井君は、天気の話や学友の話など、他愛のない話題を口にしながら、制服のポケットから手のひらサイズの何かの機械をとりだした。ＳＯＮＹのロゴがついているそれを操作し、赤いＬＥＤを点灯させて机の上に放置する。

「なに、それ」

「気にするな。なんでもない」

それから音楽の話をはじめ、好きなアーティストのことなど質問をうけていると、次第に胃袋がしぼられるような気分になってきて、空腹感という言葉が頭の中でこだまする。しかし手元には、おなかに満足していただけるようなものがなにもない。このままだと、おなかは荒ぶる神となってしまい、太鼓をうちならし、笛をふきならし、視聴覚室を博多《はかた》どんたくさながらのにぎやかさにしてしまわれるだろう。

おなかをおさえて、そうなる前に傘をかしてくれないかな、などとかんがえていると、春日井君は制服のポケットからまたなにかを取りだした。なんでも入っているふしぎなポケットから出てきたものは『ぐーぴたっ』のビスケットの小さな箱であり、私の目の前で開封すると、彼は一片を口の中にほうりこんだ。

「ほしい？」

春日井君が聞いた。

「うん」

「でも、これは、俺のだ」

結局、ビスケットをくれないまま、また音楽の話題にもどる。シューゲイザーというのは、靴を凝視《ぎょうし》するという意味なんだ、などと、わけのわからない音楽の知識を口にする。その間、『ぐーぴたっ』のショコラ味の香りがただよってきて、私のおなかは活発になってしまわれて、演奏会がはじまる直前の、今まさに指揮者が指揮棒のふりぐあいをたしかめているような状態となる。

「どうして。何の目的があって、こんなことするの」

彼は私の空腹状態を刺激するように『ぐーぴたっ』をちらつかせているとしかおもえない。春日井君は音楽の話をやめて、まじめな目で私を見つめる。カーテンごしに、雨音が聞こえてくる。しずかな口調で、彼は告白した。

「今日、購買の『ぐーぴたっ』を買い占《し》めたのは俺だ」

布を切り裂くような風の音が聞こえてきた。外は暴風雨の状態らしい。私は彼の発言におどろき、声を発せなかった。ただ、目の前の男を見つめる。

春日井君は、すこしだけ、あわれむような表情だった。

「お前、こういうやつを食って、腹がならないようにしてるだろ」

「……うん」

「ネットで調べたんだ。腹が鳴ってこまっている人の集《つど》うホームページとか、コミュニティなんかがあって、そこで情報をあつめた。いろんな対処法があるんだな。空腹になったら食い物をいれるとか。あとは、音を鳴りにくくするポーズとか」

「そんなことまで、リサーチ済みなの」

「お前もやってるのか」

音を鳴りにくくするポーズ、それは、床の上で正座し、上半身のみを前にたおし、土下座をするように床へ胸をくっつけるというものだ。家を出る前にしばらくこのポーズをとれば、おなかの鳴ってしまわれる確率が減る、というもっぱらの噂である。おなかの鳴ってしまわれる人たち、すなわちハラナリストたちが、長い研究と努力の末にあみだしたポーズなのである。

「そうか、大変なんだな」

「同情は、いらない」

「でも、お前の腹の音、きらいじゃないぜ」

目の前の変態は、いきなりそんなことを言い出す。鼻の下を、ひとさし指でこすりながら、てれくさそうにしている。こいつは、やっぱり、アホなんだ。

「たまにお前の腹が出す、ＵＦＯが飛来するような音や、光線銃が発射されるような音は、ありふれたＳＦ映画よりも想像力を刺激される」

つまり、ケンカをうっているのだろう。

「光線銃といっても、『スター・ウォーズ』みたいな格好いいやつじゃない。ぴるぴるぴるぴる、って感じの、かわいらしいやつだからな」

そのような説明、ひつようなかった。

「巨大な怪物がいびきをたててるような音もだすよな」

「もう、そろそろ、やめて。心が、折れてしまいそう」

「そんな顔をするな。俺は、うれしかったんだ。この世には、だれも発見していない音が、まだあるんだって。テレビドラマや、映画や、小説の世界を見ろ。どれもおなじような話ばかりだろ。あらゆる物語は、すでにもう、語りつくされている。音楽だって、そうだ。どこかで聞いたような曲、聞きおぼえのある音ばかり。これまでだれかが作った音に、似たり寄ったりの修正をくわえて、つぎはぎしているだけなんだ。新しいことをやろうとしても、すでにどこかで、だれかがやっているんだ。オリジナルは、もう、どこにもないんだ。大きな物語がうしなわれた現在、世界は記号の組み合わせでできている」

「それと、おなかの音と、いったい、何の関係が……」

「サンプリングだ」

「サンプリング？」

「今、あらゆる表現は、既存の何かの一部を引用し、その組み合わせでできている。ネットの動画サイトで、ＭＡＤ作品を見たことないか？」

「ない」

「既存の映画、アニメ、テレビ番組を切り刻んで、再構築した動画が、ネットにはあふれている。あらゆるものが、なにかの素材であって、そうして生じた作品も、また別の何かの素材になる。俺の音楽も、例外ではない」

「そうかな」

「俺は自分の音楽に、自然界の雨音や、子どものわらってる声をつかっている。昔、作った音楽の一部を、コピーペーストするみたいに、もってきて利用したこともある。気に入ったパーツの寄せ集めといっても過言ではない。でも、そうやって音楽を作っているのは俺だけじゃない。ひと昔前は、楽器の演奏テクニックのみが音楽を構築する要素だった。でも、何世代か前にサンプラーが進化して、音楽の制作手法がかわった。音源を持っていれば、好きなだけその音をくりかえし、奏でることができるようになった。音楽を作る人間にもとめられるのは、楽器をうまく演奏することではなく、どのフレーズをどのように使用するか、というセンスになったのだ。さらには、いい音楽を作るには、その素材となる音を資産として持っておくことが重要になった」

「ええと……」

私は、はてしなく困惑《こんわく》する。

「おいしい料理を作るには、よい食材をたくさん持っておかなくてはいけない、というのといっしょだ。これまでだれも聞いたことがないようなあたらしい音楽を作るには、だれも聞いたことがないあたらしい音、あたらしい音源がひつようだってこと」

春日井君は、机の上の機械をちらりと見て言った。

「音が必要なんだ。霊感をくれる音。素材になる音。でも、現状、俺に作り出せる音はかぎられている。高価な機材が必要なことだってあるし、楽器を奏でてサンプリングするのだってやりつくした。でも、ビジュアルを喚起《かんき》してくれるあたらしい音を、教室で見つけた」

「はあ……」

「ようするにだな、まあ……」

彼は咳払いをして言った。

「……腹の音を録音させてくれ、音楽のために」

十月中旬の金曜日に私は十七歳の誕生日をむかえた。父が近所の店で注文していたケーキを購入し、祖父母もまじえて自宅でささやかに祝った。親友たちからとどいた携帯電話のバースデーメールをリビングで読み返していると、おなかがシュールな音を発してしまわれた。リビングには父もいたのだが、おなかの音が聞こえてしまったらしく、読んでいた雑誌から顔をあげた。たとえ家族といえども、珍妙な音を聞かれるのは、はずかしいものであり、私は頬があつくなった。

「そうだ、今の音でおもいだした。お母さんの写真をながめよう」

父は立ちあがると、古いアルバムをひっぱりだしてきた。十七歳になった私の容姿では

なく、おなかの音で母をおもいだすとは、なんという父親だろうか。

アルバムには、両親の結婚したときの写真や、新婚旅行で熱海《あたみ》に行ったときの写真など

があり、そのなかの一枚に、私を出産する直前の、おなかのおおきな母がいた。生前、最

後に撮られたものだ。母はすらりとした体型なのに、おなかだけ、地球がはいっているよ

うに見事な球体である。その写真を指さして父は言う。

「お前がなかに入ってるときも、お母さんのおなかは、よく鳴っていたんだぞ」

「聞きたくなかった、そんな情報」

「おなかが鳴ったとき、お前みたいに、はずかしそうにしていた。だから、わかいとき、

パチンコ店ではたらいていたのだろう。うるさいから、音がまぎれる」

「いつの時代も、かんがえることはおなじか」

「出かけるとき、にぎやかな場所にしか行かなかった。クラシックのコンサートにさそっ

たけど、行きたがらなくて」

「お母さんは、このコンプレックス、克服したの?」

「そんなこと、最後まで、できてなかったんじゃないかな。結婚しても、おなかの音を聞かれるたび、顔を真っ赤にして、はずかしそうにしていたから」

おなかが鳴っても平気でいられるような日々は、たぶん、私にもおとずれないのだろう。母が最後まで、このおなかを、コンプレックスとして感じていたのなら、私もきっとそうなる。だけど、それでもいいかな、と、たまにおもう。おなかの件で失敗した母のことを語るとき、父はやさしそうな顔つきになるから。

お風呂に入り、パジャマに着替え、さあ寝ようとしていたら、携帯電話に着信があった。春日井君からだった。

翌日の土曜日。午後二時。駅前のHMVで、邦楽CDの棚をながめていると、見知った少年が、あくびをしながら、ブラウンの髪をかきながら、店内に入ってきた。買おうとおもっていたCDを何枚か私は手に持っていたのだけど、春日井君はそれを見て、無言で首を横にふる。熱帯魚が水槽を回遊するかのごとく、寝ぼけ眼《まなこ》のまま棚の間を行ったり来たりしたかとおもうと、もどってきた彼の手には大量のCDがかかえられており、それを私におしつける。マイ・ブラッディ・ヴァレンタインや、エイフェックス・ツインや、高《たか》木正勝《ぎまさかつ》や、アルヴォ・ペルトといった人たちのCDだったが、私はどれも聴いたことがない。最後にもう一枚と、つけたすように春日井君は、ふところからCD‐Rをとりだして、私のかかえているCDの一番上に置いた。

「これは？」

「昨晩、完成した曲だ」

彼の作った音楽が、そのＣＤ‐Ｒには、収録されているらしい。ＨＭＶを後にして、私たちはすこしだけ町をあるいた。秋空に鱗雲《うろこぐも》がひろがり、もう蟬は鳴いていない。枯れ葉のにおいをふくんだ風が、歩道橋をわたっているとき、前髪をゆらした。

春日井君が立ち止まり、どこか遠くのほうを見つめる。

「どうかした？」

「子どもの泣いてる声がした」

私には聞こえなかったが、彼にだけ聞こえる世界があるらしい。

先日の視聴覚室の一件で、衝撃的な話をした春日井君であるが、私はもちろん、彼に腹の音を録音させることは、決してゆるさなかった。あのとき、机の上に置いてあったソニー製品が、音を録音するための機械であるとわかった瞬間、私は、「させるか！」とさけんで、それを右手でつかみ、敵兵に投げつけられた手榴弾《しゅりゅうだん》をひろって投げかえす兵士のごとく決死の迅速《じんそく》さで、できるだけ遠くの壁にむかって投げつけたのである。機械は音をたてて破損し、細かな部品が床にちらばり、春日井君は「ひああ！」となさけない声をだして、ブラウンの髪の毛をかきむしった。雨音を軽減するためにカーテンをあけなかったのは、気がちるからではなく、目的の音以外の雑音をひろわないようにするという意図があったのかもしれない。呼びとめる声を聞きながら、私はその場を逃げ出し、あのおそろしい男に傘をかりるくらいならと、コンビニまで雨の中をはしって傘を購入したのである。

その翌日から、彼とは話をしなかった。電話も着信拒否にした。春日井君に不幸がおとずれますようにと、毎日、神様に願った。その願いがつうじたのか、彼はインフルエンザにかかって学校をやすんだ。

「フレーズの組み合わせに問われるセンス、つまり、既存の記号の組み合わせに問われるセンス、それが、現在の創作表現において、多少なりともオリジナリティを得るための鍵だとおもう。文脈、と言い換えてもいい。どのような流れで、言語を配置するのか、という新しい文脈。しかし、そのような新しい文脈が、なかなかおもいつくわけがなくて。そんなとき、お前の腹の音が、俺にビジュアルを……」

などという戯言《ざれごと》を、ある日、パソコンのメールで読んだ。病床にいる春日井君は、友人から私のパソコンのメールアドレスを聞き出し、熱にうなされながら一生懸命にメールを書いたらしいが、その内容はしかし私にはちっとも理解不能で、彼からのメールは迷惑メールあつかいに設定した。

彼との縁がきれなかったのは、彼の作った音楽CDを、父がいたく気に入ったせいだろう。私が怒ってリビングのゴミ箱にほうりこんでいたCDは、父によって回収され、くり返し聴かれていたのである。父の書斎からもれ聞こえてくる春日井君の音楽が、廊下をあるいている私の耳に、うっかりはいってきた。火薬がはぜるように、どこかで見たような風景が頭の中にひろがる。

螺旋階段をグランドピアノが落ちていくような音。

暗闇にひそんでじっとしている虎や龍のような音。

鳩の鳴き声や、深海のような音。

サンプリングされた自然の音なのか、楽器の音なのか、それともコンピューターで作り出した電子音なのか、加工されて原形のわからなくなった様々な音が溶けあい、渾然一体《こんぜんいったい》となってビジュアルを喚起する。

病《や》み上がりの春日井君は、気のせいかブラウンの髪の毛も、すこしくすんだようになっていた。学生服につつまれた薄い背中をかるくおしただけで、ふらふらとよろけてしまい、自分では止まることができず、反対側の壁のところまでいって鼻をぶつけていた。また話をするようになっても、おなかの音を録音されることがないよう、注意をおこたらなかった。なんだかんだで私たちはその後も交流し、そういえば男の子の友だちというのがはじめてなら、おなかの音のことを話せる相手というのもはじめてだった。

「お前は、気にしすぎなんだよ。本当は、周囲には、そんなにひびいてなんかいない。俺だから、聞こえていたのであって。たまに特大の音が鳴ったとしても、みんな、聞きながしてる。お前が追いかけてたという先輩の件は、まあ、不運がかさなったんじゃないかな」

いつからか私は、寺島先輩のことをおもいださなくなり、そういえば、雀が逃げていく夢も見なくなった。ベッドの端にすわって、呼吸をととのえることも、しばらくない。自分の人生や心が、ゆっくりと変質していくような気配を感じる。春日井君のせいだとおもう。みとめることはくやしいけれど、心の奥のたいせつな部分に、彼がずうずうしくいすわってしまったのである。

母のおなかは、私を産んだのとひきかえに沈黙し、音を発しなくなった。不運な死がその理由だけど、まるで、体内にあった音源が、私に受け渡され、そのせいで母のおなかはしずかになったのではないかと、想像することがある。おなかの奥にある音源というのは、どんな形をしているのだろう。まだ人類のだれも考案してない楽器のようなものだろうか。得体のしれない鳴き声を発する動物のようなものだろうか。世界中の音という音をよせあつめて密度が高くなり、ついに固形の塊《かたまり》のようになってしまったようなものだろうか。

なやむことはおおいけれど、これは、自分の肉体の物語だ。寺島先輩と、少女マンガのようにうっとりするような恋愛は、結局、できなかった。ふわふわとした私の恋は、現実にある肉体の前にほろびさってしまったのである。ふつうの体だったらよかったのにと、たまにおもうけれど、もしもそうだったら、私はもっとちがう性格になっていて、今のような私ではなくなっていたのかもしれない。だから、これはこれでいいのかもしれない。

先日、父がラジカセで録音したという母のおなかの音のカセットテープが見つかった。同じような変態が身内にもいたというのがまずおどろきであり、日本も、もうだめか、と感じた。でも、今度、そのテープを聴いてみようとおもう。

吉祥寺の朝日奈くん

1

山田真野《やまだまや》というのが彼女の名前である。真野と書いて「マヤ」と読むわけだが、そうなると「ヤマダマヤ」となってしまい、上から読んでも下から読んでも「ヤマダマヤ」になることが、彼女にはたえられないらしく、知りあう人には「マノ」と呼ばせる。しかし僕には、結局のところ関係がなかった。彼女のことをいつも山田さんと呼んでいたし、名前で呼ぶことは、最後まで一度もなかったからだ。

吉祥寺《きちじようじ》のとある喫茶店に通いつめていたのはちょうど四月の桜の時期で、井《い》の頭《かしら》恩賜《おんし》公園に花見にきた大勢の人々が駅の南口にひしめいていた。雑居ビルの五階にその喫茶店はあった。読書のじゃまをしない程度の、聞こえるか聞こえないかというぎりぎりの音量で音楽がながれている。内装は簡素だけれど、よく見ればテーブルも椅子も高価なものばかりだ。背の高い、細身で美人の女性店員がはたらいており、いつもカウンターの裏でひまそうにしていた。店の床は黒光りする木製で、女性店員があるくたびに、彼女の履いているブーツでごつごつと音が鳴った。店長は顎鬚《あごひげ》のはえている男性だった。普段は厨房《ちゆうぼう》の奥にいるのだが、事件がおこったときは客のすくない時間帯だったせいか、女性店員に仕事をまかせて店にはいなかった。

その日、四人がけのテーブルで僕が文庫本を読んでいたら、カップルが店に入ってきてすこしはなれた席にすわった。大学生くらいのわかい男女で、雑貨店めぐりをしてきたのか、紙袋を何個もさげていた。男の子はふつうの風貌《ふうぼう》だったが、女の子のほうは人目をひくような顔だちだった。

鼻筋やかがやく目からオーラが発散されていた。彼女は仏頂面《ぶっちょうづら》でテーブルにほおづえをついていたのだが、店員が注文をとるときも、姿勢をくずさないまま、ふりむかずに低い声で「ブレンド」と言った。不機嫌そうな女。それが彼女の第一印象だった。

気にはなったが、視線をむけつづけるのはいけないとおもい、読書にもどった。読んでいた小説がクライマックスをむかえていた。探偵が関係者を一堂にあつめて、その場で犯人を名指しで告発し、動機について語りはじめたのだ。殺人の動機は、いわゆる痴情のもつれというやつで、不貞をはたらいた妻と浮気相手を、その旦那が草刈り機で殺してしまったのだ。かわいそうに。

コーヒーを口にふくんで、ページをめくったとき、カップルのほうから、痴話喧嘩らしき会話が聞こえてきた。文字を目で追いかけながら、聞き耳をたてずにはおれなかった。女の子の声はよく通った。普段から発声練習しているのだろうか。どこかの劇団に所属しているのかもしれない。でも、東京近郊の劇団はほとんどチェックしていたが、彼女のような子はしらないから、新人だろうか。

女の子が拳《こぶし》で、テーブルを、どん、とたたいた。

「あんたね、わかってんの?」

容姿のせいか、映画を観ているようだった。男の子がうなだれて弁明をはじめる。二人の話から、どうやら男の子のほうが浮気をしたらしい、ということがわかった。女の子のほうではなく、男の子のほうが、だ。

僕は文庫本を読んでいるふりをしながら、ちらっと、店員のいるカウンターをふりかえった。細身の美人店員も、カップをみがきながら、ちらっと、こちらを見た。意外ですね。うん、意外な展開だ。僕と店員は無言で意思の疎通をやってのけた。

カップルの痴話喧嘩は分刻みでエスカレートした。店内にはカップルと僕しか客はいない。僕は読書するふりをつづけながら、さきほどからページをまったくめくっていない。店員はさっきからずっと、おなじカップばかりみがいている。やがて二人のいさかいは最高潮に達した。ガタン、と木製の椅子をたおしながら女の子がたちあがり、男の子の頬を平手うちしたのだ。

「や、やめろよ!」

男の子がのけぞって、女の子の二発目は空振りにおわる。女の子はくやしそうに舌打ちすると、なんと今度は、そばにあった椅子をつかんで、ほそい腕で高々と頭上にもちあげたのである。僕も、店員も、とっさのことに身動きできなかった。小学生のとき友人たちの喧嘩でそのような光景を見たが、まさか大人になってだれかが椅子をふりあげる場面に遭遇するとはおもわなかった。

「死ねぇ！」

女の子はそうさけぶと、椅子をぶん投げた。「やめてください！」と店員がさけんだけれどおそかった。次の瞬間、僕の目にうつったのは、男の子が椅子をひらりとよける光景だった。あ、と口をあけている女の子の顔が見えた。彼女の視線は僕にむけられている。

椅子は僕のいたテーブルの上に落下した。コーヒーのカップを粉砕し、黒い液体がまきちらされる。飛沫《しぶき》と破片の舞うなかで、バウンドした木製の椅子は、僕を直撃した。

十分経過。

鼻におしあてていたハンカチは真っ赤にそまり、店員は店中のティッシュをかきあつめてもってきてくれた。革張りのソファー席でやすまされている僕の鼻からは、大量の血液があふれてとまらない。

すみません、すみません、と、女の子が何度も頭をさげて、店員とカップの弁償代の話をする。男の子のほうは、女の子に追い立てられて、すでに店にいなかった。女の子が手帳になにかを走り書きして、一枚やぶると、僕にさしだした。

「お医者にみせるようなことになったら、連絡ください」

彼女のさしだした紙には、電話番号と名前が書かれている。

「たぶん、だいじょうぶ。すぐに、なおると、おもう」

ティッシュを鼻につめた状態で、へろへろの声をだす。

「それでも、連絡ください」

女の子は店員に一礼し、僕に何か言いたげな視線をむけて、店を出て行った。女性店員がカップの破片を掃除し、よごれたティッシュを処理する間、僕は女の子にもらった紙をながめていた。

「連絡、ほしそうな様子でしたね」

作業を終えた店員が、ソファー席のそばにやってくる。

「よっぽど、心配なんでしょう、僕の鼻が」

「いや、あれは、つまり、あれですよ。あなたと連絡をとりあいたいってことですよ」

「なるほど、治療費のことで？」

店員はこまったように頭をかいた。

「ま、いいか」

彼女はあらためてむきなおり、申し訳なさそうに言った。

「すみません。私がすぐに止めていれば……」

「いえ、おもしろがってた、罰です、これは」

鼻につめたティッシュをおさえて厳粛に僕はつぶやく。背の高い細身の美人店員は、おかしさをこらえきれないようにすこしわらった。店の常連になっていたが、言葉をかわすのは、はじめてだ。

「名前、うかがってもいいですか」

勇気をふりしぼって質問した。

「名前？　私の？」

「そうです」

「山田、ですけど」

それがどうかしました？　と言いたげに、彼女は、首をかしげた。

吉祥寺駅前にサンロードという商店街があり、入り口あたりに献血ルームがある。献血ルームというのは、輸血や血液製剤製造のための血液をあつめる場所で、僕は定期的にここへ通っている。腕に針を刺し、血をぬいてもらうとき、半透明のチューブのなかを、赤い液体が通過する。それがいつも美しいとおもう。

昔、つきあっていた女の子は、注射されることさえ嫌、という子で、献血するのが趣味だという僕のことを奇異の目で見ていた。その子とはわずか一週間でわかれてしまった。

僕の場合、だれかとつきあいはじめても、すぐに関係が希薄になり、そのまま連絡が途絶えてしまうことがおおい。人の心というやつは、うつろうものだから、しかたのないことだ。

吉祥寺駅前の献血ルームはビルの四階にある。エレベーターをおりて受付をすませ、問診票をチェックして待合室のソファーでアルバイト情報誌を読んでいたら、急に声をかけられた。

「あ、常連さんじゃないですか」

山田真野は右手に無料自販機の紙コップを持ち、左手に旅行情報誌の『るるぶ』を持っていた。どちらの腕にも止血用のベルトがまかれていない。ということは、僕とおなじで、受付をすませたばかりなのだろう。喫茶店で鼻血を出した日から三日がすぎていた。

山田真野は僕のとなりにこしかける。僕は読んでいたアルバイト情報誌を、彼女と反対側に置いてかくす。献血ルームで遭遇したのは偶然だった。店の外でこんなにあっさりと会うことができるとはおもわなかった。喫茶店以外の場所で山田真野に会うにはどうしたらいいだろうかと、こまっていたところだったのだ。

「結局、あの子と連絡とったんですか？」

「いえ、鼻、もう治りましたから。それに、連絡先の紙、ズボンのポケットに入れたまま洗濯してしまって……」

献血ルームは待合室と採血室のふたつにわかれている。待合室にはソファーや椅子やテーブルがあり、無料自販機やお菓子などがある。ここで献血の順番待ちをしたり、献血後に体を休めたりするのだ。一方の採血室には病院の大部屋みたいにベッドや医療機械がならんでおり、看護師たちがあるきまわっている。

「ケーブルテレビ、おもしろいのやってるかな。今日、成分献血なんだけど」

彼女がつぶやいた。ベッドには一台ずつ液晶ディスプレイが備え付けられており、ケーブルテレビを見ることができるのだ。

「成分なんですか。僕もなんです」

成分献血はふつうの献血よりも時間がかかるので、ひまつぶしのテレビでおもしろい番組をやっていると、うれしい。

「山田さん、今日、お仕事は?」

「お休みもらった。でも、だいじょうぶ? このまえ、あんな大流血しておいて、今日も血を抜くなんて。死ぬかもよ」

「死にませんよ」

「だって、すごい鼻血だったよ。あの後、店長がゴミ箱のティッシュを見て、殺人事件でもあったのかって、ドン引きしてたよ。死なないでね」

「死にませんって」

「あなたがいなくなったら、あの店の売り上げ、だいぶ減っちゃうし」

採血室への入り口に女性看護師が立って名簿を片手に言った。

「山田さん、それから、朝日奈《あさひな》さん、いらっしゃいますか」

山田真野が立ちあがる。すこしおくれて、僕も立ちあがる。

「朝日奈さん？」

彼女が僕をふりかえる。

「朝日奈ヒナタです」

「じゃあ、朝日奈くん、って呼ぶことにしよう」

僕たちは順番に問診を受けて少量の採血をされた。待合室にもどされて、すこしだけ待たされた後、再度、採血室によばれる。

偶然にも僕たちはとなりあったベッドに寝かされたが、二メートルほどの距離があり、会話をすると目立ちそうな程度にしずかなので、話はできない。看護師の手で腕の静脈に針を刺されて献血がはじまる。

ふと山田真野のほうを見る。ベッドからはみだしそうなほど長い脚には、ブーツが履かれたままである。彼女の体内を循環していた赤い液体が、透明なチューブを通り抜けて、ベッドの横の機械に入っていく。彼女は、設置されている小型の薄型ディスプレイのチャンネルを切り替えていたが、僕が見ていることに気づくと、顔をこちらにむけて、唇をうごかした。おあいこだね、と彼女は言ったような気がした。先日、彼女は僕の血を見て、今日は僕も彼女の血を見た。つまりそういうことなのだろうか。アイメイクされた切れ長の目をほそめて、山田真野が笑みをうかべると、唇の間から白い前歯がちらりとのぞいた。

ベッドの横の機械がそれまでと異なる音を出しはじめる。腕に刺さっている針から、冷たいものが流れこんできて、体内に循環する。遠心分離を終えた血液が返還されているのだ。成分献血は、血液から血小板や血漿《けっしょう》のみを採取し、赤血球等は体内にもどす。そのため、体への負担は軽い。

やがて看護師があらわれて献血がおわったことを告げる。腕から針をぬいて、絆創膏を貼り、服の長袖の上から止血用のベルトを巻く。僕と山田真野はそろって待合室にもどり、ソファーでやすんだ。僕は無料自販機で二人分の飲み物を出し、山田真野は二人分の食べ物をお菓子コーナーからもってくる。

「成分献血は、いいよね」

山田真野は献血ドーナツを食べながら言った。献血した人だけが食べられるという例のドーナツだ。

「成分献血が？　それは、ありえないな」

血液が体内にもどされる感触は、心地よいものではない。

「たまに唇とかしびれるし、体も冷たくなって、なんか、いいよ」

「そういう意見を言う人はね、山田さん、僕は、変態だとおもうんですよ」

「じゃあ、なんで朝日奈くんは、成分献血したの」

「しょっちゅう献血できるじゃないですか」

年間に献血できる回数は決められている。成分献血の場合、体への負担がすくないため、通常よりもおおい回数の献血が許可されている。

「どうして、そんなに献血したいの」

「こんな、僕みたいな、生きていて何の役にも立たないような人間は、献血して人助けをするしか、やることがないのです」

「朝日奈くんのこと、よくしらないけど、がんばって生きようね」

「あとそれに、献血ドーナツ、食べたいじゃないですか」

山田真野は壁の時計を見た。三時半。もうこんな時間か、という表情で彼女が立ちあがる。

「そろそろ、行かないと」

僕もソファーから腰をあげる。

「今度、メールしてもいいですか？」

いいよ、と言ってくれたら、メールアドレスを聞いてみるつもりだった。

彼女は背の高いほうだが、僕もそれなりにあるので、目の高さはほとんどおなじである。うごきをとめて、山田真野は、じっと僕を見る。真ん中からわかれて、一直線にながれているつややかな黒髪の、毛先のゆれがおさまってもまだ、返事はない。その表情から、感情は読めない。

「朝日奈くん」

唇がゆっくりとひらいて、ようやく言葉が出てくる。

「はい」

「気づかなかった?」

「何にです?」

「これ」

山田真野は指先をぴんとのばして左腕をかざす。

「止血用のベルトですね」

腕の肘あたりに、看護師のまいてくれたベルトが見える。

「ちがう。その先。指を見て」

「……何だろう、それ。僕には、よくわからないな。山田さん、指に、なにかついてますよ」

「指輪だってば」

彼女の左手の薬指には銀色のリングがはまっていた。ほんとうはずっと前に気づいていたけど、自分には見えないふりをしていた。彼女は居心地わるそうに言った。

「喫茶店ではたらいてるとき、これ、はずしてたから、しらなくて、当然だよね。そういうつもりで、声をかけてるのだとしたら、ごめんね。それに、今から私が行くところ、わかる？　四時までに、保育園に子どもをむかえにいかないとだめなんだ。でも、まあ、メアドくらいなら、おしえても、旦那には怒られないかな？　どうおもう、朝日奈くん」

2

結婚とは契約である。男女が夫婦の関係になり、社会的、経済的に結びつくことである。兄の結婚式に出席したとき、そのようなことをかんがえた。白のウェディングドレスをまとった兄の彼女さんが、父親とならんでヴァージンロードをあるいてきて兄の横に立つ。神父が二人を祝福し、イエス・キリストの語った言葉を聖書から引用する。

おのおの自分の妻を自分と同様に愛しなさい。

妻もまた自分の夫を敬いなさい。

いつまでものこるものは、信仰と希望と愛です。

その中で一番すぐれているのは愛です。

二人が口づけをかわすと、聖歌隊が高らかに歌い上げる。愛、という言葉が人の口から発せられるのを、その日、何度も聞いた。

披露宴に参加したとき、すこしだけ、結婚というものがおそろしくなった。親戚や友人を大勢あつめて、お金をかけて盛大に祝ってしまったら、もしもわかれたくなったとしても、決心するのはむずかしいのではないか。披露宴で祝福してくれた人たちへの申し訳なさで、離婚するのはもうちょっとかんがえてからにしよう、などとおもいとどまるのではないか。もしかして、それが目的で披露宴というものがおこなわれているのではないか。

仰々《ぎょうぎょう》しい儀式を経て契約し夫婦となった二人のうちの、たとえば奥さんと僕がおつきあいをするというのは、これは一般的にかんがえて不道徳なことにちがいない。しかし、おつきあいといっても、いろいろある。どこからどこまでがゆるされて、どこからがゆるされない範囲なのだろう。配偶者以外の異性と言葉を交わすだけで罪なのだろうか。手をつないで、皮膚が接触するのはどうだろう。いっしょに夕飯を食べるのはいけないことなのか。メールのやりとりはどうだ。文章のなかに「愛」と書いたら、それはもう、神に罰せられる行為なのだろうか。

吉祥寺駅前のハーモニカ横丁には戦後のヤミ市の姿がそのままのこっている。立ち飲み居酒屋が何軒か連なっており、哲雄《てつお》先輩とそこで酒を飲むことになった。カウンターの後ろにつけっぱなしの古い小型テレビが設置してありニュース番組が流れていた。不倫した妻とその浮気相手を、旦那が猟銃で撃ち殺したという事件があったらしく、アナウンサーは淡々《たんたん》と原稿を読んでいた。ちかくにいたサラリーマン風の男がニュースをながめながら、赤ら顔で首を横にふった。

「かわいそうに、浮気相手の男、股間を撃たれてたって。一時間も苦しみつづけて、死んだってね。不倫はいけないよな。あんたも、そうおもうだろ?」

男は体をゆらしながら僕の肩をたたいた。僕はカウンターに両肘をついた姿勢でうつむき、グラスをのぞきこむ。たれた前髪のすきまから、胡麻《ご ま》祥酎《しようちゆう》「紅乙女《べにおとめ》」の表面が見える。哲雄先輩が僕のかわりに、陽気な声で男に話しかける。

「しってました? 浮気というのは、昔、立派な犯罪だったんですよ」

僕はグラスをかたむけて先輩の話に耳をすます。

「姦通罪《かんつう》と言いましてね、不倫した奥さんとその相手が、はりつけにされたそうなんです。みんなの前でね、心臓を竹槍《たけやり》で、こう、ひとつきに」

哲雄先輩が、竹槍でつきあげるような仕草をする。僕はせきこんで、飲みかけの焼酎をこぼした。

「どうした、朝日奈!」

「焼酎が、気管に……!」

喉に焼けるような痛みがあり、せきがとまらない。体をくの字におってたえる。

「水を飲め」

「いいです、だいじょうぶです」

こんな痛み、竹槍にくらべたら、と僕は胸の内でつぶやく。

哲雄先輩は、僕が上京した初期のころにしりあった友人で、バイト先の先輩だった。そのときの印象がのこっていて、今も先輩とよんでいる。現在、三十歳の彼は、不動産の会社に就職し、中央線で新宿に通勤している。この数年は音信不通状態で、すっかり縁は切れたのだとおもっていたが、すこし前からまたいっしょに酒を飲むようになった。彼は陽気で、バイタリティにあふれた男である。

あれは五年前のことだ。僕はある女の子とつきあいはじめたのだけど、性格があわなくてすぐにわかれることになった。最初のころはおたがいのことが好きでしょうがなかったのに、心とは、変わってしまうものである。僕にはめずらしいことなのだけど、自然消滅ではなく、話し合いをしてわかれることになった。するとその子が、ストーカーに変身したのである。僕はその子のことを、バイト先で哲雄先輩に相談する日々だった。そんなある日、あたらしい恋人と部屋にもどってきて、玄関をあけたら、その子が部屋にあがりこんでいた。いつのまに合い鍵をつくっていたのだろう。その子は低い声で僕へのうらみごとをつぶやきながら包丁をにぎりしめて部屋を徘徊《はいかい》していた。

刺されはしなかったが、パトカーを呼ぶことになり、あたらしい恋人とも破局した。バイトもやめさせられて、アパートも追い出され、お金もなかったので、実家にもどるしか道がなくなった。そんなとき、声をかけてくれたのが哲雄先輩だった。

「次の部屋が見つかるまで、うちに住んでもいいぞ。つかってない部屋もあるしな。それに、夢をもって上京してきた奴が、田舎にもどっていくところを、見たくないんだ」

ある秋の日、家財を売り払って、劇団の友人からもらった寝袋ひとつで先輩の部屋にころがりこんだ。しかし滞在したのは、結局、一週間ほどだった。

次の住居が短期間のうちに見つかったのは幸運以外のなにものでもない。引っ越し先を告げたとき、哲雄先輩はあきれていた。

「おまえってやつは……。おまえってやつはよ……。それしか、言葉が出てこねえ……」

あたらしいバイト先でしりあった女の子に、「今こんな事情なんだ」と話したところ、「うちに来なよ」と言われたのだ。頬を赤らめながら「うち、一人暮らしだし」と。そういう遠回しの告白だったのである。正直、僕は迷った。そういうのは、どうなんだろう、と。知りあって数日しかたってないのに、いっしょに住もうとかんがえるのは、どうなんだろう、と。ここでイエスと返事をしたら、女の子を都合のいい道具にしてしまうのではないか、と。ストーカーの脅威にも、彼女を巻きこんでしまうのではないか、と。しかし、ストーカーの危険性を話してもまだ女の子は「うちに来てもいいよ」と言ってくれた。「自分も昔の彼にストーカーっぽいことされてるし、男の子と住むのは心強いよ」と。どうも東京はストーカーだらけらしい。また、ストーカーの女の子は北海道の実家で療養をはじめたらしいと、風の噂で聞いて、それなら、だいじょうぶかな、とおもえた。

結局、僕はあたらしい彼女の家に住まわせてもらうことにした。そういえば理由はもうひとつあった。哲雄先輩の部屋に居候をつづけるのはどうも、先輩の彼女さんに申し訳なかったのだ。そのころ、先輩は僕に気をつかって彼女さんを家にあげなかった。どこかへデートに行った帰りも、アパートの前でわかれていた。その彼女さんと、アパートの階段ですれちがったことがあるのだけど、それは気まずい体験だった。うつむいて足早に通りすぎる僕と、突き刺さるような視線をむけてくる先輩の彼女さん。通りすぎた後こっそりふりかえって、それから僕は、走って逃げた。その後、お金をためて、吉祥寺駅から徒歩三十分の場所に部屋を借り、一人暮らしをはじめた。様々な挫折を経験し、僕を住まわせてくれた彼女とも音信不通になり、僕は二十五歳になった。現在も就職せずに、バイトで生計をたてているので、家計は火の車であり、めらめらと炎をまとわりつかせた車輪で崖っぷちを疾走している。明日の電気代を払う余裕もない。食費も切りつめているから、献血ドーナツを食べられる日は、とてもうれしい。もちろん、これではいけないとおもう。不倫も、いけないとおもう。

山田真野の娘、遠野《とおの》は、母親に似て美人だった。目鼻立ちや顔の輪郭、まっすぐ流れるような髪など、山田真野のミニサイズを見ているようだ。ちなみに遠野という名前は、柳田國男《やなぎたくにお》の『遠野物語』に由来するという。そう言われると遠野という女の子が、天狗《てんぐ》や河童《かっぱ》や座敷童子《ざしきわらし》の仲間のようにおもえてくる。

井の頭恩賜公園の池にかかる橋の上で、僕は膝をおりまげ、彼女と目の高さをおなじにする。桜が散ってしまったとはいえ、天気のいい土曜日の昼間には、大勢の人がこの公園にあつまってくる。せまい橋の上は混雑していた。

「いくつ?」

僕は遠野に質問した。彼女はこまったような顔で、母親を一度、見上げた。山田真野のはいているデニムの生地を左手でにぎりしめて、どこにもいかないで、と主張している。

「遠野、いくつになった?」

山田真野が聞くと、娘は自分の右手を見つめ、真剣な顔で親指と小指だけを不器用におりまげ、三本指を僕に見せた。気を抜くと、小指につられて、薬指もまがってしまいそうになっていた。

どよめきと拍手がわきおこって、遠野がびっくりして泣きそうな顔をする。何事かとおもって周囲をふりかえると、人々が橋の上で立ち止まり、飛んでいる鳥を見上げていた。そばにいた人が、池の鯉《こい》や水鳥にむかって、餌のパンくずを放る。頭上の鳥が急降下してきて、水面すれすれの空中であざやかにパンくずを嘴《くちばし》でキャッチすると、ふたたび拍手がおこった。

約三十八万平方メートルの広さをもつこの公園には、人間がちっぽけに見えるほどの巨大な樹木が地面に根をおろして神殿の柱のようにそびえている。その足下にビニールシートをひろげて、手作りのアクセサリーやポストカードを売っている人たちがいる。楽器を演奏する人や、手品を披露する人もいる。休日はいつもお祭りのようなにぎやかさで、僕たちは散歩しながら人混みをたのしんだ。

遠野が立ち止まり、巨大な樹木の幹を押しはじめた。彼女は真面目な表情で、使命感に燃えていた。それをながめながら山田真野がつぶやいた。

「四国の実家に住んでたころ、木が生えてる場所ってめずらしくなかったから、わざわざ公園になんか行かなかったのにな」

彼女はすらりとした体型で、子どもを産んで育てている人間とはおもえなかった。普段はショップの店員で、たまに雑誌モデルのバイトをしてます、と言われたほうが納得してしまいそうだ。それにしても遠野は真面目な顔でいつまでも樹木を押しつづけており、その行動に、どのような深い意味があるのかはわからなかった。

遊歩道の途中にある、ガラス張りの半オープンテラスの喫茶店に入った。卵とハムとチーズのガレットを注文して、はこばれてくるのを待っていると、犬をつれた主婦たちが来店する。遠野は犬に興味津々という様子で、椅子から落ちないように肘掛けをつかんで、ずっとそちらを見つめていた。

「朝日奈くん、今、なんの仕事してるの？」

「いきなり、重い話ですね」

「重いの？」

「失業中です。バイトしてた店がつぶれちゃって」

「どうりで。いつ、メールしても、すぐに返事がくるとおもった」

僕と山田真野はガレットを食べた。彼女が切り分けたものをフォークでささえて、遠野専用の小皿にうつすとき、薬指の銀色の指輪に明るい日ざしが反射してかがやいた。僕はコップの水に口をつけようとしたら、いつのまにか飲み干していた。

携帯電話のメールを使って僕たちは順調に交流していた。彼女が僕のことをどのようにおもっているのかはわからないが、メールのやりとりで判明したことがいくつかある。彼女はメールに絵文字をつかう。とくにVサインの絵文字を多用する。マヤという名前だが、他人にはマノと呼ばせる。今年二十六歳で、僕とたった一歳しかちがわない。平日は朝に娘を保育園におくりとどけて、夕方まで吉祥寺の喫茶店ではたらいている。たまに休みをとって平日に買い物をして遊ぶ。土日は娘が家にいて、働きに出ることはできない。

「明日、娘を連れて、吉祥寺に散歩に行こうとおもうんだけど。朝日奈くんも来る？」

「ぜひ、ご一緒させてください」

「やったね！」

というメールのやりとりがおこなわれたのは昨晩のことだった。

ガレットの切れ端と格闘していた遠野が、ふと気づいて、母親の袖をひっぱり、なにかを言いたそうにする。山田真野が彼女に耳をちかづけると、遠野はちいさな両手でひそひそ話をするように口元をおおって何かをささやいた。山田真野は慈愛のこもった顔で娘に返答する。

「パパは今日もお仕事なんだって」

井の頭恩賜公園の一角に、井の頭自然文化園という場所がある。そこはいわゆる動物園みたいなものである。喫茶店を出た僕たちは、入場料をはらって井の頭自然文化園に入り、ヤギ、アライグマ、アカゲザルなどに出会った。平日に来ると人がいないから動物を独り占めして見物できるのだけど、今日は大勢の家族連れで混んでいる。檻《おり》や柵《さく》にちかづくと、動物独特のこうばしいにおいがただよってきて、僕はそれがきらいではない。山田真野が遠野の手をひっぱったり、おびえている娘の背中に手をおいたり、動物がよく見えるように高くもちあげたりする様子を、後方のすこしはなれた位置からながめた。僕の使っている携帯電話はカメラ機能が充実しており、デジタルカメラ並みの高精細な撮影ができるので、記念にとおもって二人の写真を撮った。

「ここ来るたびにさ、いつもおもうんだけど。このすぐむこうは住宅地だよね。そこに住んでる人って、自分の家のすぐ裏でアジアゾウが寝たり起きたりしてることを、どうおもってんのかな?」

山田真野が僕のすぐ隣で言った。まつげについているマスカラの黒い粒子が見えるほどちかい距離だった。コンクリート製の堀のむこうで、皺《しわ》だらけの巨体が、さきほどからじっとしてうごかない。まるで置物のようだけど、たぶん生きているはずだ。ゾウというやつは、なんてゆっくりした生物なのだろう。

「風向きによっては、やっぱり、においとか届くんですかね」

住宅地の真ん中に動物園があるようなものだ。朝、ゾウの鳴き声で目が覚めることもあるのだろうか。すばらしい。僕は遠野を見下ろしてたずねてみた。

「きみは、ゾウ、好き?」

彼女は母親のかげにかくれた。全身に緊張をみなぎらせて、不審者を見るような目で僕を見る。しばらくながめていたが、ゾウは声を発さずに、藁《わら》を鼻の先でいじっているだけだった。

井の頭自然文化園には、小さな遊園地めいた場所もある。そこで乗り物にのった遠野は、母親にむかって笑顔を見せるのに、僕が視界にはいるとあからさまに目をそらす。百円玉を入れると上下するパトカーの乗り物にのりこんだときも、僕が手をふると彼女はうつむくのだった。そんな娘と僕を見て、山田真野は、ほっそりしたくびれのあるおなかに両手をあて、「くーっくっくっくっ」と、おかしそうにわらいをこらえきれないでいた。

僕がすっかり傷ついて、非難の視線をおくると、山田真野は急におもいついたように、くるりと後方をふりかえった。

「あ、売店に甘酒が売ってるねえ。ちょっと買ってくる。遠野、お願い」

その場に僕と遠野をのこして走り去ろうとするので、あわてて僕は彼女をひきとめた。今、遠野と二人だけでのこされたら、僕はもう、どうすればいいのかわからない。だって相手は三歳児だ。しかも女の子。手強《てごわ》すぎる。それに僕は無職の成人男性だよ？　遠野が泣き出して、近くのだれかに助けをもとめて、警備員がやってきて、僕を連行していく様子がリアルに想像できるよ？

山田真野を逃がすまいと、咄嗟に僕は、彼女の手首をつかんだ。山田真野の顔は売店のほうをむいており、手首をつかまれたほうの腕が、棒のようにまっすぐのびて僕の手とつながっていた。彼女の手首には、細い鎖のアクセサリーがまかれてあり、僕の手のひらにその冷たい感触があった。視界の端で、遠野の乗った丸みのあるパトカーが、ゆっくりと上下していた。山田真野が僕をふりかえる。

「なんてね、冗談」

山田真野が言った。そのときパトカーが停止して、遠野がこわごわと慎重に段差をおりてきた。僕たちのことを乗り物の上から見ていたのだろうか。走ってくるとそのままのいきおいで母親の足にドシンとしがみついた。山田真野は「うっ」と言ってよろめき、僕は手首をはなした。

「さっき、手首つかんだとき、朝日奈くん、緊張してた？」

「ふれるというのは、どうも……」

「店で、ときどき、指先がふれてたじゃん。おつり、わたすとき」

「そうでしたっけ」

「私は、おぼえてるよ」

娘の背中をさすりながら山田真野は、僕のほうを見ずに言った。よしよし、こわかったね、と遠野にむかってつぶやく。

夕方五時の閉園時間直前に、僕たちは井の頭自然文化園を出て、駅にむかってあるいた。太陽が西にかたむいて、空が橙色に発光し、僕たちの影は濃く、長くなった。あるきつかれた遠野は、母親の背中におわれると、すぐにねむってしまった。「今ならだいじょうぶだから」と、山田真野は荷物のうけわたしをするように、僕に遠野をだっこさせた。遠野はかるくて、軟体動物のようにぐにゃりとたれさがるのに、まったく起きる気配を見せず、そしてミルクのにおいがした。この子の中に、山田真野の血が、ながれているのだという不思議。

公園の池に浮かんでいるアヒル型のボートが、夕日をうけて影絵のように見えた。ボートが水面をゆらして波うつと、反射した西日が無数にかがやいた。僕たちはあるく速度をゆるめて風景をながめた。

「今日はありがとう」

「こっちこそです」

遠野をかかえるのにちょうどいい具合をさぐりながら返事をする。うまくやらないと彼女の頭が、かくんとのけぞってしまうのだ。

「この子、パパに話しちゃうんじゃないですか。今日、しらないおにいさんとあそんだって」

「え、あそんでないじゃん、遠野と朝日奈くんは」

「そりゃそうですけど」

「まあ、だいじょうぶだよ。ごまかしとくから」

「ごまかし、ということはつまり、旦那さんに嘘をつくというわけですね」

「そんなあらたまって言わないでほしいな」

「このちいさな嘘がきっかけで、夫婦円満に亀裂《きれつ》が入るかもしれない。そんなのは、僕の本望《ほんもう》ではありません」

「勝手にうちを円満な夫婦だと決めつけないでほしい」

僕が立ち止まると、彼女もあるくのをやめた。すこしだけ視線をかわして、再度あるきだす。腕のなかで遠野がもぞもぞとうごいたけれど、眠ったままである。

「旦那さんと、うまくいってないということですか」

「うるさい」

「だめじゃないですか。もっと、話をしましょうよ。浮気されてしまいますよ」

あるきながら山田真野が横目でジロリとにらむ。でも、すぐに口元をゆるめて、おかしそうにする。

「何をわらっているんですか。山田さんは今、夫婦の危機に直面しているのかもしれないんですよ」

「それ以上、言ったら、ぶつよ」

山田家の話はそれでおしまいだった。彼女と旦那の関係について、あまり聞く気はなかった。時間がもったいない。井の頭公園から吉祥寺駅まではすぐそこだ。この短い距離を、せめて他の、たのしいことを話しながらあるくべきだ。

次はいつ、献血をしますか？　献血ルームに置いてある『ＭＡＳＴＥＲキートン』のコミック、だれが置いてくれたのでしょうか？　献血ルームのマスコットキャラクターの耳が血の滴をイメージしてある件について、いったいどういう天才がデザインしたのでしょうか？　などという話題を僕たちは真剣に論じあった。こういう話のできる相手がはじめてだったので僕はうれしかった。

吉祥寺駅南口に到着したとき空は暗くなっていた。飲食店の看板が点灯し、人で混雑するせまい路地をバスが通過する。僕は遠野の体を山田真野にかえした。彼女は娘を背負いながら、そっけない声で聞いた。

「ねえ、役者はやめたの?」

「え?」

「朝日奈くんのこと、ずっと前に、小劇場で見たことあるよ。役者、やってたでしょう」

気の利いた返事が出てこなかった。

「じゃあ、またね」

彼女は改札階にむかうエスカレーターへ乗りこんだ。僕はその場にたったまま山田真野と遠野の背中を見送った。

3

実家の兄と電話で話をした。両親の様子や、変化した風景について、兄は教えてくれた。いつになったらこっちにもどってくるのかと、聞かれなくなって久しい。兄と話していたら、結婚式のことをおもいだした。

いつまでものこるものは、信仰と希望と愛です。

その中で一番すぐれているのは愛です。

神父が口にした聖書の引用である。兄は一人の女性と婚姻の契約をかわしたのだ。兄が奥さん以外の女性と浮気している様をためしに想像してみた。それはおもいのほか気持ち悪かった。あれだけ祝福されておいて、そんなことするのかよ、という落胆が、きっとある。聖書に書いてある「愛」という言葉への裏切りであり、「一番すぐれているもの」に泥を塗る行為である。信仰も、希望も、すべてが打ち砕かれ、後にのこるのは、憎悪だけだ。

そのようなことをかんがえているうちに、いつのまにか兄との電話を終えて、ぼんやりとテレビをながめていた。無意味にチャンネルを切り替えていたら、献血ルームでケーブルテレビのチャンネルをいじっている山田真野の姿をおもいだした。ベッドに横たわり、チューブのつながっていない方の腕をもちあげて、人差し指を弓なりに反らしてチャンネルのボタンを押している。絵画に描かれるような、整ったバランスだった。

「浮気や不倫のことを、法律では不貞と言います」

テレビの音声だ。法律相談をテーマにあつかったバラエティ番組をやっていた。ゲストが弁護士に悩みを聞いてもらうという内容だ。

「不貞とは、これは夫婦間の守操義務に違反する姦通のことをさします。配偶者以外の異性と性交があった場合にのみ慰謝料を請求できるのであって、手をつないだり、キスしたり、といったものであれば不貞にはならず、慰謝料も請求できません」

今日の番組のテーマは、浮気と離婚にまつわる裁判のようだ。テレビのなかで弁護士が話す内容を、僕は鉛筆でメモすることにした。今の自分の状況をかんがえると、無関係なことではない。

性交があった場合にのみ不貞になる。これは重要なキーワードにおもえた。どこまでが浮気で、どこまでがそうでないのか。心情的な境界線は引けないけれど、法律の世界ではここに線引きされているらしい。

「慰謝料の相場は、婚姻期間が長いほど高額で、だいたい百万円から五百万円くらいでしょう。一千万円を超えるケースはほとんどありません。浮気相手への損害賠償請求も、相場は百万円程度です」

浮気相手への慰謝料。もしもそれを僕が請求されることになったら、支払うことは不可能だ。実家に泣きついて工面してもらうことになるのだろうか。それはあまりにもなさけない姿である。

「慰謝料を請求するには、性交の存在を推察できる証拠が必要です。たとえば、愛人とホテルに入っていく写真などです。携帯電話にのこっているメールだけでは、裁判で不貞の証拠にならない場合がおおい。不貞のたしかな証拠を確保するため、探偵に依頼する人もすくなくありません」

性交の有無と、それを示す証拠。

離婚にまつわる慰謝料の請求は、すべてそこにかかっているという。

その後、番組内の特集として、浮気や不倫をしている人の行動パターンがいくつか再現VTRで紹介された。たとえば車の灰皿に、配偶者のすうタバコの銘柄とはちがう吸い殻が入っていたときや、車の助手席のシートの位置が変わっていたときは浮気している可能性がある。携帯電話をいつも手放さなくなり、お風呂やトイレにも持っていくようになるのもあやしいとのことだった。

番組がおわったころ、携帯電話がメール受信のメロディを発した。

差出人は山田真野で、翌日の集合場所についての連絡だった。

喫茶店のバイトに行く前か、バイトがおわって保育園まで遠野をむかえに行くまでの短い時間に、僕たちは吉祥寺駅界隈《かいわい》で会った。二日つづけての日もあれば、何日も会わない日もあった。顔をあわせて何かをするわけでもなく、東急百貨店の屋上のペット売り場で犬をながめる日もあれば、パルコの横でたこ焼きを食べることもあり、いっしょに雑貨をながめることもあった。彼女のはたらく喫茶店に行って読書することもあったが、彼女は僕の懐《ふところ》具合を心配していた。その喫茶店のコーヒーが、僕の懐具合にはきびしすぎる値段設定であることを察してくれていた。

山田真野と吉祥寺を散歩するのはたのしかった。話をしているうちに、彼女が人と婚姻の契約をかわしているのだという事実もわすれられた。それでもたまに、聖書の言葉が頭のかたすみをよぎった。テレビで聞いた知識や、哲雄先輩が立ち飲み居酒屋でおこなった姦通罪の処刑の仕草が脳裏にちらついた。

吉祥寺にはミートショップ・サトウという店があり、ここで売られている松阪《まつさか》牛メンチカツを購入するため、常に百人以上の人間がならんでいる。その日、僕と山田真野は行列の最後尾付近に立っていた。たまに彼女のほうからいいにおいがただよってくるのだけど、すぐにメンチカツの香りで邪魔される。

「四国旅行、どうでした？」

「うちの親、遠野にあえてよろこんでたよ」

ゴールデンウィーク中、山田家の三人は、四国にある彼女の実家に帰省していたらしい。ちなみに彼女の親は地元で名の知られた有力者であり大地主でもあるという。東京ではかんがえられないほどの広い家に住んでいたそうだ。

「私、一人っ子だから、実家には今、両親しか住んでないんだ。おまけに、父親の具合が最近、わるいみたいでね。もっと頻繁に帰れたらいいんだけど」

行列がすこしだけすすむ。ペンギンがあるくみたいな歩幅で前進し、山田真野と肩があたった。

「朝日奈くんは？　ゴールデンウィーク、なにしてた？」

「メールに書いた通り、バイトです」

すこし前から吉祥寺駅ビルのロンロンでアルバイトをはじめていた。数年後に駅ビルは改装されてアトレになるけど、当時はロンロンという名称だったのだ。

「他には?」

「バウスで映画を観たり」

バウスとは、吉祥寺にあるバウスシアターという映画館のことだ。

「ちょうど爆音映画祭をやっていたんです」

「いいなあ。それ、ウワサには聞いてるけど、まだ行ったことないんだ」

バウスシアターには、通常の映画館にはない、音楽ライブ用の音響設備がある。それを使用して、普段より大きな音で映画を体感するというイベントが、爆音映画祭である。

僕は電車代を節約するため、吉祥寺の町から出ない日々をおくっていた。この町には大抵のものがそろっている。おしゃれな雑貨店もあれば、巨大なヨドバシカメラもある。漫画に使用されるスクリーントーンとやらも、ユザワヤに行けばそろうらしい。そういえば漫画家も大勢、住んでいる。ホラーマンガで有名な楳図《うめず》かずお先生があるいているのをたまに見かけるのだが、そんな日は、とてもうれしくなる。

「バイト、いそがしい?」

「がんばってます」

「じゃあ、あんまり、会えなくなるかもね」

僕たちはすこしの間、だまりこんだ。ミートショップ・サトウの店員が威勢のいい声をはりあげている。横目で山田真野を見る。頭の丸みのよくわかる細い直毛の髪が、重力にひっぱられて、まっすぐにストンとながれている。伏し目がちにしていると、まつげの長さが際だつ。

「今、何かんがえてます?」

僕が質問すると、彼女は伏し目がちのままこたえる。

「メンチカツ、はやく食べたい」

「僕もそう。メンチカツ」

行列がまたすこし前進する。僕たちの後ろにも、いつのまにか大勢がならんでいる。

「爆音映画祭、おもしろかった?」

「おもしろかったですよ。そうだ、今度、芝居を観に行きません? おすすめの劇団があるんです」

「いいよ」

鞄に芝居のチラシが入っていたので、その場で日程を確認してみたが、僕たちが同時に観劇できる時間帯がなかなか見つからない。日曜日だったら二人とも仕事が休みだけど、土日は遠野の世話をしなくてはならない。三歳児をつれて芝居を観るというのはどうなのだろう。芝居の最中に泣き出したら大勢に迷惑がかかりそうだ。

「観に行けるかどうか、わかんないけど、行きたいな。今も、芝居はチェックしてるの？」

「まあ、気になって」

「劇団の仲間と、今も会ったりする？」

「なかのいい後輩がいて、たまに遊んでます」

メンチカツは目の前にあるのに、行列がなかなか、すすまなくなった。

「東京には、星の数くらい、小劇団があるわけじゃない？　そのなかから、偶然、朝日奈くんが出てる舞台を観てたのって、すごい確率じゃない？　しかも、顔をなんとなくおぼえてたんだから」

僕がまだ劇団に所属していたころの舞台を、彼女は友人と観に来ていたのである。話の内容を聞いたところ、たしかに彼女が観た舞台は、僕が出演していたものだった。これが偶然だとしたら、ほとんど奇跡である。

「ちいさな芝居小屋だったよね」

「無名の小劇団ですから」

「客席と舞台の距離がちかくておどろいた。すぐ目の前で人が演技してるのって、ショッキングだよね。朝日奈くんが喫茶店の常連になったとき、どこかで顔を見たことあるっておもったんだ。テレビで見た芸能人かもって。顔、きれいだし」

奇跡、と心の中でつぶやく。

はたして、そのようなものが、そうかんたんにおこるだろうか。

「朝日奈くんは、どうしてまだ、東京に住んでるの。役者、あきらめたのに」

山田真野が、ズバリと切り込むように質問する。返事をかんがえているうちに、沈黙が長引いた。行列ができている上に、人通りのおおい場所でもある。近所には携帯電話の店などがあって、そこの店員まで声をはりあげている。雑多な音が建物の間でひしめいて頭の中でこだまする。

なぜ自分はここにいる？　彼女の言うとおりだ。役者を目指して上京したくせに、劇団をやめてしまって、もうここにいる理由などないのだ。それでも吉祥寺に住んでいるのは……。

「帰りそこねたからです。実家にもどるタイミング、逃してしまって」

僕がそう言うと、彼女は、ほっとしたように息をはいた。

「怒らせたのかとおもった。朝日奈くん、ずっとだまってるからさ」

「怒るわけないです。かんがえてたんです」

「どうしようかとおもったよ」

いつのまにか僕たちは手をつないでいた。そうしてみると、あまりに自然で、その前後で変化したものは何もなかった。メンチカツを買うときだけ手を離し、その後でまた手をつないでみる。ずっと以前からそうしていたような気がした。そうせずにあるいていることのほうが、しっくりこなかった。一歩、前に進んだ。でも、すぐにまた、もどることになる。

翌日、僕は風邪をひいてしまった。原因はわからないが、薄着で夜道をあるいたのがいけなかったのかもしれない。朝に布団を出たとき、頭が熱っぽくて、体がだるかった。バイトを休んで、一日中、布団にくるまってテレビをながめていたのだが、そのようなとき、山田真野からのメールがうれしかった。具体的な意味のない、近況報告みたいな一行メールを、ぽちぽちと布団のなかから送って、返事が来たらそれを読んで、また送信して、返事が来て、というのをくりかえした。病院に行くお金をケチっていたら、風邪をずるずると長引かせてしまい、土曜日になった。

吉祥寺シアターはヨドバシカメラの脇の道を東にむかって進んだあたりにある。その日、山田真野は遠野を家にのこして一人だけでやってきた。彼女の話によると、今日一日、遠野は旦那が面倒を見てくれることになったらしい。それはとてもめずらしいことなのだと、彼女は言った。咳をする僕の体調を気づかって、何度も、だいじょうぶ？　と彼女は聞いた。

芝居はおもしろかったが、まだ風邪が完治していなかったせいで、たまに悪寒が体をつらぬいた。頭がぼんやりしてきて、自分は芝居を観ているのか、それともこういう夢を見ているのか、わからなくなりそうだった。そもそも、自分の人生と、芝居と、どこがちがうというのだろう。どこまでが演技で、どこからが本心なのか、だれにもわからないのではないか。それはともかく、今日、芝居に来てしまったのはいけないことだった。周囲にいる全員に風邪のウィルスをうつしてしまったかもしれない。自分はどうしてそんなことに気が回らなかったのだろう、と後悔した。

芝居がおわり、吉祥寺シアターを出ると、もう完全な夜だった。ビルのすきまから見える空は、墨でぬりつぶしたような黒色で、星は見えなかった。

「夕飯、どうしますか？」

「いっしょに食べたいね」

風邪をうつしてしまう前にわかれて一人になるべきだというかんがえが、ないわけでもなかった。しかし彼女のはにかんだような表情を見て、もうすこし話をしていたいとおもった。うすうす感づいてはいたが、僕はこの人といっしょにいるのが好きなのだ。

彼女は自宅の旦那に電話をかけて、外で食べて帰ってもいい？　と聞いた。その時点まではたのしそうで、はじめていっしょに食べる夕飯も、きっと素敵なものになるだろうとおもえた。頭がぼんやりするのは、熱のせいなのか、山田真野といっしょにいるせいなのか、判断がつかなかった。でも、電話を切った彼女は、うかない表情だった。

「どうしよう、朝日奈くん」

不安そうに眉をよせて僕を見る。

「夕飯、食べてきてもいいって」

吉祥寺シアターの前の歩道で、彼女は立ったまま、だまりこんだ。芝居を観終えた人々が、建物から出てきて散らばっていく。

「旦那は私が、女の子の友だちと芝居を観に行ってるとおもってるわけ。いつも仕事ばかりでかまってやれないからって、遠野の世話をひきうけてくれたの。遠野の分の夕飯も、自分でつくるって。どうしよう、朝日奈くん。すごい罪悪感だよ」

すこしだけうつむいて、次に顔をあげたとき、彼女は言った。

「今日は、帰る」

僕たちはゆっくりと駅にむかってあるきだした。会話はなかった。

彼女の自宅は、吉祥寺駅から数駅はなれた場所にあるという。遠野がおなかにはいっていたころ土地を買って、ハウスメーカーに建築を依頼したという一軒家だそうだ。今から彼女はそこに帰り、旦那と娘と自分の夕飯をつくるのだろう。彼女も結婚式のとき、聖書の言葉を聞いたのだろうか。「愛」という言葉を聞いたのだろうか。夫となった男性といっしょに、神父の前で誓ったのだろうか。生涯、相手を裏切らないと。

かんがえごとをしているうちに、熱で頭がもうろうとしはじめた。まぶたがだらんとすべりおちてしまいそうになるのをこらえる。パチンコ店のネオンが、ピンクや青色に明滅していた。飲み屋や、いかがわしい店の看板が、いつもより明るく、ぼんやりと燐光《りんこう》をまとわりつかせている。体がふらついて、地面がやわらかく感じた。

山田真野の横顔を見る。あるくたびに髪がゆれて、白い耳たぶのピアスがのぞいた。彼女はおびえていた。今にも泣きそうな表情だった。これまで、彼女のこういう表情を僕が見なかったのは、彼女が旦那に対して抱いている感情が希薄だったせいだろうか。だから僕と会っていても後悔はなかったのだ。そして今はちがう。

頭痛と吐き気がおしよせる。その場にうずくまって、一晩、飲み明かしたよっぱらいみたいに吐いてしまいたい。真っ黒な夜空が、そのまま濃密な闇になって建物と建物のすきまに充満していた。がやがやと周囲はうるさいのに、熱でぼんやりする頭のせいか、言葉が理解できず、外国にまよいこんだような気がする。通りすぎる人たちの姿が、飲食店からもれる明かりを背後にして、シルエットのように見えた。男女の黒い影が、肩を寄せ合いながら前方からやってきて、僕と山田真野の間を割って通り抜けていった。

僕のやるべきことはわかっている。

だれよりも明確にわかっているのだ。

やがて吉祥寺駅に到着した。ＪＲの改札前は、白い蛍光灯で明るく照らし出されている。大勢の人がひしめいており、じゃまにならないような壁際で立ち止まり、彼女はＳｕ ｉｃａの入ったカードケースを取りだした。

「お芝居、いっしょに観てくれて、ありがとう」

僕は壁によりかかって体をささえながら、彼女に笑みをみせた。きっと弱々しい笑みになっただろう。

「僕がさそったんです」

「風邪、はやく、よくなってね」

「はい」

彼女は僕をまっすぐに見つめて言った。

「しばらく、会わないことにしよう」

唇を結んで山田真野は僕に背中をむける。改札をぬけて階段をあがり、一度もふりかえらなかった。


彼女のはたらいている喫茶店に行ってみるべきかどうかまよっているうちに一週間がすぎた。メールをしても返事はなく、電話にも出なかった。熱はひいたが、体調のかんばしくない日がつづいた。

山田真野に会わないと、ひまな時間をもてあました。読書にも集中できなくなり、いつも眠たかった。睡眠時間がふえて、部屋にいるときはずっと布団に入っていたような気がする。一日一食だけ、コンビニで弁当を買ってきて食べた。えらぶのがめんどうだから、いつもおなじ種類の弁当を手に取った。

はたらけるようになると、八畳一間の部屋とバイト先を行き来する生活になった。帰りがおそくなった日など、星を見ながら住宅街をあるいていたら、山田真野と遠野のことをおもいだした。

哲雄先輩に相談してみようとおもいたち、夜に井の頭公園の入り口にある焼鳥屋で会って酒を飲むことにした。しかし先輩は、職場での友人だという若い女の子を連れてきて、彼女の前でこのような話をするのもどうかとおもい、だまっていた。トイレに立つふりをして、店の外に出て、山田真野にメールした。返事がないことはわかっていた。店内にもどろうとしたら哲雄先輩が職場での友人だという若い女の子とキスしているのが見えた。僕は二人の写真をこっそり携帯電話で撮影して、そのまま外にいることにした。

焼鳥屋の店先から大量の煙がふきだしており、暗くなった道を人々は、煙をくぐりぬけてあるいていた。

「お前も、しっかりやれよ」

焼鳥屋を後にすると、哲雄先輩は一万円札を僕の手に、にぎらせた。受け取るべきか、返すべきか、まよっているうちに、哲雄先輩はあるきだした。駅から電車に乗って帰るのかとおもっていたらちがった。先輩と職場での友人だという女の子は僕に手をふり、吉祥寺東亜興行チェーンの映画館の裏手のほうに消えていったので、僕もその後をついていった。

やがて六月に入ると、完全に僕は健康体になり、いつでも献血に行けるような気がした。梅雨入り直前の時期に、山田真野から電話があった。連絡が途絶えて二週間後の土曜日の夜だった。

4

予想外の出来事というのが、しばしば人生には起こるものだ。僕はそれを自分の部屋で実感していた。三歳の少女は僕がいつもつかっている布団に寝かされており、先日、天気のいい日に布団を干しておいてよかったと胸をなでおろした。劇団の後輩がくれたいまどきブラウン管のテレビデオに、深夜番組が映し出されているが、遠野の目が覚めないように音声はしぼられている。だから、山田真野のシャワーをあびている音がよけいにはっきりと聞こえた。

二時間前。

バイトがおわって自宅にもどろうとしていたら、着信音が鳴った。液晶画面に表示されたのは山田真野の名前だった。

「もしもし？　山田さん？」

「……朝日奈くん？」

弱々しい声だった。

「今、吉祥寺のサンロード入り口のマックにいるんだけど、会えないかな」

二十二時をすぎていた。商店街の店はシャッターをおろし、ギターの弾き語りをする若い男の子がいろんな場所で歌を披露していた。マクドナルド地下一階のテーブル席に、山田真野と遠野がならんですわっていた。ハッピーセットでもらえる女の子用のちいさなおもちゃで遠野はあそんでいたのだけど、僕の顔を見つけると、母親の腕に顔をおしつけてかくれた。

「どうもです」

山田真野の正面に腰かける。彼女は前に見たときと、かわっていなかった。背の高い、ほっそりとした美人で、娘といっしょでなかったら、二十四時間営業のマクドナルドにたむろしている若い男の子たちに声をかけられていたかもしれない。

「いきなり連絡して、ごめん」

遠野の背中をさすりながら彼女は言った。プレミアムローストコーヒーと、手のつけられていないまま冷たくなったポテトと、遠野用のジュースがテーブルにのっている。

「ほんとですよ。心がまえさせてください」

「もうひとつ、お願いがあるんだけど」

「借金以外なら、いいですよ」

「よかった。ほっとした。絶対、ことわられるとおもってたから」

「僕が心の広い男で良かったです」

「じゃあ、さっそく、行こうか」

山田真野が、遠野の手をひいて立ちあがろうとする。

「どこに？」

「朝日奈くんの部屋。財布に、千円しか入ってなくて……。他に、たよれる人がいなかったんだ」

駅前から成蹊《せいけい》大学方面にむかってあるくと僕の部屋のあるアパートにたどりつく。遠野はさいしょのうち自分であるいていたのだが、途中から母親に背負われて、そのまま眠ってしまった。あるきながら大まかな事情を聞いてみた。彼女は旦那と喧嘩し、娘をつれて家を飛び出してきたようだ。

「喧嘩の理由は？」

「安心して。朝日奈くんのことがばれたわけじゃないから。鈍感な人ってわけじゃないのにな。それとも、うすうすは、何かを感じとってるのかな」

旦那と喧嘩した理由はおしえてもらえなかったが、なんでもない口論が発端だったようだ。こういうことが我が家ではよくあり、たたかれたりしないだけマシなほうなのだと、山田真野は言った。

僕の部屋がある二階建てアパートの築年数はふるい。一階の角部屋の扉に「朝日奈」とマジックで書いた表札がはってあり、玄関の外に洗濯機やひろってきた傘などが置いてある。扉の鍵をあけて二人を部屋にまねきいれようとしたとき、山田真野の携帯電話が鳴った。

「たぶん、うちの人だ」

遠野を背負った状態で、ポケットから携帯電話をとりだす。咳払いして、わざと仏頂面をつくり、低い声で電話に話しかける。

「もしもし。私だけど。なに？」

アパート前の、僕がいつも洗濯している場所に彼女がいて、旦那と電話で話している図というのは、不気味さとおかしさがあった。僕は靴を脱いで廊下の電気をつけた。廊下と言っても、片方の壁に水道とガスコンロが設置されていて炊事場もかねている。扉が開けっぱなしだったから、山田真野の声が聞こえてきた。

「別に。うん、そう。今？　吉祥寺の、友だちの家に来てる。遠野もいっしょ。泊めてもらうつもり」

シャワーを浴びてもどってきた山田真野は、僕の貸したジャージを身につけていた。だれかにズボンを貸すと、丈があわなくておりまげられることがおおいのだけど、彼女の場合、ふつうにはいてちょうどいい。髪の毛が濡れており、血のめぐりのよくなった肌がピンク色にそまっていた。彼女が化粧していないときの顔をはじめて見たが、肌つやのせいか、より健康的に見えた。彼女は着ていた服をハンガーにひっかけ、布団で眠っている遠野の寝顔をながめると、本棚におさまっている小説や新書をチェックする。僕は畳にすわり、壁に背中をもたれさせる。

「せまい部屋で、すみません」

「居心地良さそう。家賃いくら?」

僕が一ケ月の部屋代を口にすると、彼女は「安っ!」とおどろいた。

「これ、なに?」

部屋のすみに放置していたままの大学ノートを見つけて、山田真野が手に取ろうとする。

「おっと、あぶない!」

僕はノートを横からひったくる。メモ帳がわりにつかっているノートであり、先日、法律相談のバラエティ番組を見ながらメモした文章を読まれるわけにはいかないのだった。

不貞とか、慰謝料とか、そういった言葉がならんでいる。それらに関する知識をメモしたなどとしられるのは、はずかしい。ノートをだきしめてガードしていると、山田真野が逆に好奇心をそそられたような顔でちかづいてくる。

「なにそれ。日記?」

「ちがいます」

「エロ関係?」

「もっとちがいます」

「見せて」

「いやです」

するると彼女は、ニヤリと口元に不穏当な笑みをうかべ、力ずくで僕の手からノートをうばおうとする。「見せなさい!」「だめです!」「どうして!」「どうしてもです!」というやりとりをくりかえす。僕は畳にうずくまって阻止しようとするのだが、山田真野は腕やら足やらをつかって強引にせめてくる。体が密着しているのだけど、色気を感じさせることのない、騒々しい一分半がすぎた。

布団がもりあがって、遠野がおきた。僕は畳に腹這《はらば》いで、山田真野は馬乗りになった状態で、うごきをとめた。遠野は目をこすって、ぼんやりとした表情で僕たちを見つめた。数秒間、だれも声を発さなかった。八畳一間の空間に沈黙がおりた。やがて遠野はちいさなあくびをすると、パタンとたおれて、なにごともなかったように寝息をたてはじめた。

山田真野は物音をたてないよう、ゆっくりと僕の上からおりた。テレビの方をむいて、畳の上で膝をかかえる。電池のカバー部分がこわれてガムテープで補強してあるリモコンを操作し、照れかくしでもするみたいにせきばらいして、無意味にテレビのチャンネルを切りかえる。

「うっかり、上にのっちゃった」

「うっかりしてましたね」

僕は部屋を出て、玄関先に置いてある洗濯機のなかの、よごれた洗濯物の間にノートをかくした。

深夜のバラエティ番組を見ながら、僕たちは焼酎を飲んだ。手近に巨大な紙パックの焼酎を置いて、ならんで畳にすわり、相手の酒がすくなくなると注ぎ足した。おつまみに柿の種を出すと、山田真野がピーナッツばかり食べるので、僕は彼女をしかった。

「柿の種の、ピーナッツばかり食べるような人、僕は、好きじゃないな」

「あ、このCM好き」

こちらが感心するほどのきれいさっぱりとした無視で、彼女はピーナッツをほおばりつづけた。リス？　とおもうほど頬をふくらませて食べていた。

「朝日奈くん、お酒、つよいね」

「山田さんこそ」

酔った彼女は、ふらふらと左右に体をゆらしていたものの、まだ意識は鮮明だった。

「なんだ、つまらない」

と言って彼女は前後にも体をゆらす。

酔った山田真野の目は、泣いているみたいに赤い。たまにお互いがだまりこくって、テレビもしずかな状態になると、八畳一間はすこしだけ緊張をはらんだ。遠野がおなじ部屋で眠っているから、おかしな具合にはならないはずだ。そうおもっているはずなのに、たとえば僕が立ちあがったりするとき、彼女はすこしだけ身構えるように肩がうごく。膝をかかえている腕に、ぎゅっと力がこめられる。反対に、彼女の方から服のこすれる音が聞こえたとき、僕はおそるおそる彼女の方をふりかえる。姿勢をかえて座りなおしただけだったりして、ほっとする。壁掛け時計の針がチクタクと音をたてていた。時間のすすみかたがいつもよりおそく感じられた。

山田真野の手足はすらっとして長い。靴下をはいてないので、きれいに磨かれた足の爪が視界のすみに見える。ジャージ生地につつまれている彼女の足の片方がゆっくりとのびてきて、畳になげだしていた僕のふくらはぎをつま先でつついた。

「朝日奈くん」

彼女がよんだ。

冷静をよそおって返事する。彼女は体ごと僕にむきなおる。

「結婚って、どうおもう?」

「結婚ですか?」

「うん。朝日奈くんは、だれかと結婚する機会って、これまでなかったの?」

ただの世間話だ。拍子抜けするような安堵感がある。

「ストーカーされたことはあっても、結婚を切り出されたことは、ないですね」

僕の場合、つきあいはじめても、いつのまにか関係が希薄になり、そのまま元にもどらないことがおおい。結婚を前提とするような親密な関係を築いたことはない。ジグソーパズルのピースみたいに、性格がぴたりと一致する相手というのは、なかなかいないのである。

「結婚とか、僕には無理じゃないですかね」

「そう?」

布団でねむっている遠野をふりかえった。

「遠野のなかに、山田さんの血が、半分は入ってるんですね」

「うん」

途方もないことだ。結婚すると、こういうことがおこるのだ。結婚しなくても、おこるけれど。

　これまで血縁という言葉を意識したことがなかった。結婚という契約は、ある意味、血と血が混じりあうことを、許されるということなのかもしれない。

「僕の血は、鼻血になって無駄にながれるだけです」

「たしかにあれは無駄な血だったね。でも、だれかにプロポーズしたら、かんたんに結婚できそうだけどな、朝日奈くんだったら」

「すぐに捨てられますよ、たぶん」

「だいじょうぶだよ。朝日奈くんは、いい奴だから」

「僕はいい奴じゃないです。自覚、あります」

「私は好きだよ、朝日奈くんのこと」

　山田真野はうつむいて顔を見せなかった。耳がすこし赤くなっていた。

　二時半をすぎたころ、深夜番組にあきてきたので、映画のビデオを再生することにした。いまどきＤＶＤプレーヤーがないことに彼女はおどろいていた。

「何の映画、観ます？」

　押入れから段ボール箱をひっぱりだして聞いた。地上波で放映された映画を、三倍で録画したビデオテープが、箱いっぱいにつまっている。

「なにか、てきとうに」

おみくじ形式でえらんでみようとかんがえ、段ボール箱に手をつっこみ、一本のテープをつかんでひきぬいた。『セックスと嘘とビデオテープ』とラベルに書かれてあり、それはじゃあなかったことにして、すぐ横にあった『ランボー』のビデオテープをえらんで再生する。

「えー、よりによって、『ランボー』かよ」

山田真野は不満を口にしながら焼酎をすすった。もうほとんどおっさんみたいな口調だった。

「観たことあります？」

「あれでしょ、アクション映画でしょ。筋肉の、なんか、すごいやつの」

どうやら観たことはないらしい。

金曜ロードショーの夕焼けのオープニングが終わって本編がはじまる。

「うっ、うっ……、なんて、かわいそうな、ランボー……」

はじまって三十分ほどで、山田真野は、滂沱《ぼうだ》の涙をながしはじめた。本当は、映画をだらだら観ながらおしゃべりしようとおもっていたのに、彼女はベトナム帰還兵に心をうばわれて、それどころではなかった。タオルを彼女にわたして、涙をふくのにつかってもらった。ランボーの孤独な戦いがおわるころ、窓の外が明るくなりはじめた。地上波なのでエンドクレジットはカットされている。昔のＣＭをながしながら感想をたずねた。

「この映画のもっともすばらしいところはね、朝日奈くん、ランボーが、ただの一人も殺さなかったところだよ」

彼女は確信をこめて言った。僕も同意してうなずく。一回の鑑賞でその点に気づく彼女はするどい。

山田真野は洗面所で顔をあらって、あたらしくおろした歯ブラシで歯をみがき、遠野の横にならんで布団にはいった。

「これが朝日奈くんのにおいか」

掛け布団を顔までかぶって、すーはー、と息を吸う音が聞こえる。一分もたたずに、息を吸う音は、寝息にかわった。

布団はひと組しかないが、かつて哲雄先輩の家で一週間だけ使用した寝袋があった。僕はそれを使用して、まどろんだけれど、なかなかねむれなかった。目を閉じても、気づくとかんがえごとをしている。そんな状態がずっとつづいて、壁の時計を確認するといつのまにか八時をすぎていた。

起きあがると、まだ焼酎の酔いが全身にのこっており、体がふらついた。布団で眠っている母子を起こさないようにシャワーをあび、携帯電話をチェックすると、何件かメールや電話の着信がきていた。メールをチェックして、窓を開けて室内の換気をする。母子がまぶしくないように、カーテンを閉じたまま外を見ると、曇り空だった。

八時半ごろ、もう一度、寝袋に入ろうとしたら、掛け布団がうごいて遠野が起きた。目をこすって、風をはらんでゆれるカーテンを見つめ、それから僕と目が合う。ぼんやりとした表情だった。

「なにか飲む?」

おそるおそるたずねてみると、遠野はうなずいた。寝ぼけている状態で、彼女の警戒心がうすれていたのだろうか。いつものようにかくれることはせず、僕の手から麦茶のはいったコップを両手で受け取ると、口をつけて、こぼさないよう注意しながら飲みはじめた。

さらに遠野は、テレビを指さして、なにかをうったえるような目で僕を見る。つけてほしいのだろうか。テレビの電源をいれて、チャンネルを切り替えると、『プリキュア』というアニメをやっていた。ちいさな女の子がすきそうな、カラフルなアニメだった。遠野は、まだ母親の寝ている布団にすわって、真剣な顔で『プリキュア』を視聴しはじめた。僕もいっしょにテレビをながめて、主人公たちが変身する場面などで遠野と視線をかわしてみた。

十時すぎに、『となりのトトロ』のビデオを遠野とながめながらうたたねしていたら、山田真野がねむりからさめて起きあがった。遠野が僕のすぐ隣にすわっているのをおどろいたように見て、しずかに笑みをうかべていた。

山田真野が洗面所で変身作業をしている間、僕は遠野といっしょに、『あたしンち』のビデオをながめた。『あたしンち』の登場人物である半魚人のような顔のお母さんが画面にあらわれると、遠野は目をかがやかせてテレビにちかづいた。

「きみは、このお母さんが好きなの？」

そう話しかけてみると、画面を見つめたまま、おごそかに遠野はうなずいた。

化粧して、ハンガーにかけていた服へと着替えた山田真野が、部屋にもどってきた。

「さて、帰るとするか」

山田真野は言った。今日は日曜で、旦那が家にいるはずだ。ひとまず帰って旦那と話をしたいと、彼女はかんがえているようだった。吉祥寺駅まで僕も同行し、三人でどこかで食事をして、彼女を見送ることにした。

全員の出発する用意がおわると、山田真野が、玄関のほうにむかったので、僕はそれを引き止めた。玄関に置いてあった彼女のブーツと遠野の子供用の靴を持って、八畳一間の部屋にもどり、アパート裏手に面している窓をあけた。僕の部屋は一階にあるため、そこから直接、外へ出られるようになっている。

「こっちから出てもらいます」

「なんで？」

に出た。


「まあ、いいじゃないですか」

アパート裏には、洗濯物を干すための小さな庭がある。手入れしていないので、雑草がおいしげっていた。小さな羽虫が顔にあたるのをがまんしながら、僕たちは靴を履いて外に出た。


塀のすきまをくぐり、別のアパートの敷地を通り抜け、昨日は通らなかった路地に出る。今にも雨がふりだしそうな色の雲が、空一面をおおっていた。風にも湿気がまじっており、そういえば梅雨を間近にひかえているのだとおもいだす。

吉祥寺駅の方角にむかって住宅地をあるいた。山田真野は娘の手をひいており、遠野の歩幅はちいさいので、僕たちはそれにあわせてゆっくりとすすんだ。やがて雑貨店のならんでいる通りに入ると通行人がおおくなる。休日は普段より混雑しており、ベビーカーを押している家族連れや、犬をつれた人の姿が目立つ。看板などをぎりぎりでよけながら、ほそい路地を超小型のバスが通過する。武蔵野市が運営するコミュニティバスである。住宅地の間を抜けるように走行するこの乗り物は、百円で乗ることができて、普通バスの乗り入れができない地域をカバーしている。吉祥寺に引っ越すまで、そういった乗り物があることさえしらなかった。僕がこの町に移り住んだのは、居候させてくれた女の子の影響だった。いつか吉祥寺に住むのがあこがれなのだと、彼女はよく言っていた。

東急百貨店裏が木製デッキの広場になっており、スターバックスのテーブルがならんでいる。その横を通りすぎようとしたとき、山田真野が質問した。

「近所の人に見られるのがいやだったの？」

さきほど、アパートを出るときのことを言っているのだろう。僕が返事をためらっていると、彼女はさらに言葉をかさねた。

「私たちが、玄関を出入りするのをさ、見られたくなくて、裏から出たの？」

「ちがいます」

「じゃあ、なんで？」

「正面から出たら、山田さんは、写真を撮られていました」

山田真野が立ち止まる。手をつないでいた遠野が、ふしぎそうに母親の顔を見上げる。

「うちの旦那、本当は私たちのことに、気づいてたってこと？　興信所みたいなところに依頼して、私の行き先を、見張らせていた？」

首を横にふる。

「興信所や探偵はいません。でも、旦那さんが、僕たちの関係をしっているというのは正解です」

彼女は困惑するように息をはきだし、木製デッキにならんでいるスターバックスのテーブルをふりかえった。

「……ねえ、何か食べない？　食べながら、話を聞かせて」

三人でスターバックスの列にならび、コーヒーとサンドイッチとクッキーを購入して、外のテーブルにすわった。

木製デッキのテラス席には、おおぜいの客がひしめいていた。休日の昼間はどこの店も混んでいる。雲のうごきがはやい。紙ナプキンを風でとばされないように、コーヒーのカップでおさえつける。樹木がボクシングのサンドバッグみたいに風になぶられてゆれていた。

コーヒーに口をつけながら、どこまで説明すべきかをまよっていると、僕の背後にだれかが立った。気配だけでなんとなくわかる。山田真野が僕の背後を見上げて、表情をうしない、ほおばっていたサンドイッチをしずかに置いた。

「パパ！」

うれしそうな声で遠野が言った。僕がはじめて、はっきりと耳にした彼女の声が、そのような単語だというのは皮肉でしかない。

ふりかえって彼の顔を確認する。

「真野、後で話を聞かせてもらう。まずは、この人と、ふたりきりで話をさせてほしい」

怒りを押し殺すような声で言うと、彼は、僕の肩をつかんだ。痛いほどの力が、その手にこめられていた。山田真野は夫の顔を見つめたまま、一言も発せずにいた。

「じゃあ、むこうで」

僕は立ちあがり、東急百貨店の裏口を指さす。彼は無言でうなずいた。山田真野は心配そうな表情で僕たちを見ていた。彼女と遠野をテーブル席にのこしてデパートの裏口に入る。短い通路をぬけると、靴の修理を受け付けているカウンターがあり、その手前で立ち止まる。従業員専用のエレベーターなどがあるだけで、買い物客があまり来ないスペースだ。

「何をかんがえてる」

彼は僕の胸ぐらをつかんだ。

「どうして、表から出なかった。メールを読んでないのか」

「写真を撮っても無駄です。昨晩、何もなかった。不貞にはならない」

「自宅に行って一晩すごした、ということは、そういうことになるんだ」

「どちらにせよ、写真を撮れなかったということは、失敗でしたね。これはお返しします」

ポケットから数枚の紙幣を取り出して、胸ぐらをつかんだままますごんでいる哲雄先輩の顔にたたきつけた。

5

哲雄先輩に再会したのは、今年の二月のことだった。いきなり電話がかかってきて、おどろいた。この五年間、先輩とは連絡がなかったからだ。一週間だけの居候生活の後、女の子の家に転がり込んでからは、ほとんどやりとりのないままだった。おたがいにもう、記憶のなかだけの存在になって、携帯電話に番号は登録されているけれど、かけることも、かかってくることも、二度とないのだとおもっていた。

雪のふっている吉祥寺駅前で僕たちは再会し、ライブハウスでバンドの演奏をすこしだけ聴いて、高めの居酒屋に入った。先輩のおごりで酒を飲みながら近況報告をした。

「結婚したんですね」

「子どももいる。女の子だ」

先輩は、僕の現在のバイト先のことや、財政状況がかんばしくないことを聞いて、慎重な声で言った。

「金、ほしいか?」

「ほしいですね」

「じゃあ、いい話がある。そのためには、お前が必要だ。適任なんだよ」

「マルチとか、そういう話じゃないですよね」

「安心しろ。お前に、ちょっとだけ、やってもらいたいことがある。それだけだ」

「僕が、何をするんです？」

「不倫だ」

「不倫？　だれと？」

　先輩は日本酒を口にふくんだ。味わうように飲み込んで、それから不倫相手の名前を言った。山田真野。先輩の奥さんだった。

「たぶん、そんなに遠くないうちに俺たちは離婚するだろう」

「原因は？」

「今のところ、原因は、ない」

「今のところ？」

「ただし、性格の不一致で、会話がほとんどない状況にある。そして俺は、会社の子とつきあってる」

「だめじゃないですか」

「まだ、真野にはしられていない。だから、それが離婚の原因に挙げられることはない。性格の不一致による離婚。それがこれから俺たち夫婦のたどる道だ。俺はたぶん、このさき十年以上もの間、娘の養育費をはらいつづけることになるだろう。でも、ここでひとつ作戦を練ろうとおもう。つまり、おまえが真野と不倫するんだよ」

僕が女の子にしばしば言い寄られることを哲雄先輩はおぼえていた。

「俺は会社がいそがしくて、なかなか家に帰らない。帰っても会話がない。そんなとき、真野の前におまえが登場する。おまえのルックスなら、すぐそういう関係にもちこめるだろ。夫の俺が、全面的にサポートする。真野がおまえと寝たら計画は成功。真野の浮気が引き金となった離婚。そうなれば俺はあいつに慰謝料を請求できる。あいつの実家は四国の大地主だ。あいつ自身に支払うことができなくても、あいつの両親が金を出してくれる。いいか、おまえが真野をひっかけて寝るだけで数百万円だぞ。俺とおまえの共通のしりあいはいないよな？　真野にもお前の名前を言ったことはない。俺たちの関係をしる人間はいないんだ。だれかにばれることはない。この五年間、音信不通になっていたのがさいわいしたな」

僕は、先輩が提示する報酬に目がくらんだ。それ以来、先輩は会うたびに数枚の紙幣をくれるようになった。偶然をよそおって山田真野と知りあい、デートをするための資金だった。

「最悪ですね」

劇団の後輩であり友人でもある藤村《ふじむら》くんが言った。使い古しのテレビデオを僕にくれた藤村くんとは、劇団をやめた後も交流があり、いっしょにあそぶこともおおかった。

「それじゃあ、奥さんがかわいそうです」

「そのときは、山田さんと話をしたこともなくてさ。哲雄先輩にも借りがあったし」

「最悪ですよ、朝日奈さん。そんな人だとおもわなかった」

「途中で気づいた。自分は馬鹿だって。それでこうなったんじゃないか」

折れて歯抜けになった前歯を藤村くんに見せた。

あれから一週間がすぎていた。東急百貨店一階の、靴の修理を受け付けるカウンターの前で、一方的に哲雄先輩になぐられ、僕は前歯を折ったのだ。すぐに警備員がやってきて、心配になってかけつけた山田真野に介抱され、遠野は事態を把握できずに泣いていた。頭がもうろうとして、その後のことはよくおぼえていない。気づくと東急百貨店の応急室みたいな場所で手当をうけていた。

口から血を滴らせながら先輩の計画を暴露した。僕のお芝居は、鼻血ではじまり、口からの流血で幕をおろしたのである。山田真野は僕の話を最初のうち信じなかった。哲雄先輩が会社の女の子と浮気しているという話もうたがった。僕は携帯電話をとりだし、保存されている二枚の写真を見せた。

焼鳥屋で哲雄先輩に会った夜、僕はひそかに携帯電話で写真をとっていた。一枚目は、焼鳥屋の店内で、先輩が会社の女の子とキスしている場面。二枚目は、店を出た後で、吉祥寺東亜興行チェーンの映画館の裏手のほうに消えた後で撮影した。もしかしたらとおもい、後を追いかけたところ、ホテルに消えていく彼らが見えた。夜の暗さと、後ろ姿、遠くからの撮影という悪条件だけど、一枚目とあわせて確認すれば、ホテルに入る男女は哲雄先輩と会社の女の子だということが服装でわかる。

山田真野は写真を見つめて、携帯電話をおりたたみ、しずかな手つきで僕に返すと、無言で部屋を出ていった。廊下に立っている哲雄先輩と話をしにいったのだろう。やがて廊下のほうから、事情を問いつめるような声が聞こえてきた。

しばらくして、もどってきた山田真野は、僕の頬を平手打ちした。僕が謝るたびに、彼女は手をあげた。夫の裏切りよりも、僕の裏切りのほうが、彼女にとって許し難い行為だったのかもしれない。

「ハンサムが台無しですね」

歯抜けの僕を見て、藤村くんはわらった。一週間がすぎると、さすがに痛みもひいていた。ちなみに山田真野と哲雄先輩は、現在、別居中だという。

僕はため息をついて、路地をあるいている人々をながめる。全員、傘をさしていた。「レモンクレープのお客様」と呼ばれたので、ふりかえると、藤村くんの注文したクレープが完成しており、レジのむこうからさしだされていた。僕たちはロフトの脇にあるクレープ店のベンチにすわっていた。藤村くんがここのクレープのファンなのだ。ベンチのある場所は建物の下だから、雨が降っていても服がぬれることはない。東京は梅雨入りして、雨の日がつづいている。

「奥さんには、ゆるしてもらえたんですか？」

藤村くんはレモンクレープにかぶりついた。

「わからない」

「連絡は？」

「この一週間、メールが一回だけ」

「会ってないんですね」

「うん。だから今日、ひさびさに会う。今から、ここに来るよ」

藤村くんはおどろいてむせた。クレープでむせる奴をはじめて見た。

「今から？　ここに？」

「全部、話すことに決めた」

藤村くんがレモンクレープを食べ終えたころ、ハンターのレインブーツを履いたほそくて長くてかっこいい二本の足が、水たまりをものともせずにちかづいてきて、ベンチにならんですわっている僕たちの前にとまった。背の高い美人が傘をたたみ、アイメイクされた切れ長の目で僕を見下ろす。口をしっかりとむすんでおり、一言も発さないまま、緊張をはらんだ数秒がすぎる。

「山田さん」

「そっちの子は？」

彼女は藤村くんをちらりと見る。

「友人です」

「キレるよ。大事な話があるんでしょ？」

そこに友人を同席させるなんて、と彼女は言いたいのだろう。

「彼は、すぐにどっか行きますから。それより、これ、見てください」

僕は歯抜けの状態の前歯を見せた。その、あまりのマヌケな顔に、山田真野はおかしさをこらえきれずに「ぷっ」とふきだし、しまった、と言わんばかりに目をそらした。横をむいて、手で顔の横に壁をつくり、僕の顔が視界にはいらないようにする。

「やめてよ。私はまだ、あなたのこと、怒ってるんだからね」

と言いながら彼女は、肩をふるわせて、わらうのをがまんしていた。

「あの……」

藤村くんが、おそるおそる立ちあがって、声を出す。

「どうも、劇団の後輩の、藤村です。いつぞやは、ご迷惑をおかけして、すみませんでした」

山田真野は、彼の顔を見つめるが、どうやらおもいだせないようだった。

「どこかで、会いましたっけ?」

「はい、四月ごろ、朝日奈さんにたのまれて喫茶店に行きました。友人の女の子といっしょに。でも、まさか、椅子を投げてくるとは、おもってなくて。つい逃げちゃって。それで朝日奈さんが鼻血を……。そのときの、椅子を避けた男です」

「他に、告白すべきことはある?」

「これといって、特にありません」

山田真野は腕組みをして、うたぐりぶかい目で僕をにらんでいる。僕たちは藤村くんとわかれ、商店街にある「くぐつ草」という喫茶店でむかいあってすわっていた。地下にあるこの店は、岩をくりぬいた洞窟《どうくつ》みたいな内装で、扉も重くザラついた鉄製だった。どことなく牢獄《ろうごく》のようでもあり、この店で尋問するなんて山田真野は気が利いている。

「藤村くんって子といっしょにうちの店に来た、あの女の子は?」

「僕もあのとき、はじめて会いました。たぶん、あたらしく劇団に入った子じゃないかな」

もう顔をおもいだせないが、美少女だったような気がする。

「あのときこわれたカップ、彼女たちに弁償してもらったんだけど……」

「経費ということで、僕が後で藤村くんに支払っておきました。それも、もともとは、哲雄先輩からもらったお金なんですけど」

「じゃあ、つまり、我が家の家計から?」

「そうなります」

彼女はあきれて声も出ないようだった。

「哲雄先輩の計画は、藤村くんたちに教えていませんでした。彼らは、僕の恋路を応援するつもりで、手伝ってくれたんです」

彼らが店で喧嘩して、僕がそれを止めにはいる。そうすることによって、店員の山田真野と話をするきっかけが生まれるのではないか、というのが本来の計画だった。まさか自分が負傷するとはおもわなかったが、結果オーライだ。

「恋路ねえ……」

山田真野は、不機嫌そうな顔で目をほそめ、僕に冷たい視線をむける。

「吉祥寺シアターで芝居を観た日、急に旦那が遠野の世話をしてくれたのも、今にしておもえば……」

「遠野の世話をすることで、僕と山田さんが会う時間をつくっていたんです」

それが裏目にでて、山田真野は、旦那の待っている家庭にもどっていった。

「ふつうだったら、トラウマものだよ。こんなふうに、私たちは、むかいあってるけどさ。お金目的だったたっていうのが、最悪だよ」

「本当に、申し訳ありませんでした」

「反省してる?」

「心から」

洞窟めいたうす暗い店内に、彼女の長いため息がもれる。

僕はうつむいて、この数ケ月をおもいだす。

山田真野に会うため、喫茶店に足を運んでいた最初の時期はまだいい。下調べの段階だった。彼女がどのような人物なのかさえ僕はしらずにいた。罪の意識を感じはじめたのは、いっしょに成分献血して、メールするようになってからだ。

後悔の連続だった。自分がもっと悪人だったなら、平常心で彼女をだましつづけ、哲雄先輩が彼女に慰謝料請求するところを見守り、いくらかのお金を手に入れて彼女と縁を切っていたかもしれない。しかし自分にはそれができなかった。山田真野の心にできるであろう傷跡を想像すると血の気がひいた。

完全な失敗だった。

哲雄先輩のもうけ話にのってしまったという失敗。

計画を実行にうつして、山田真野とメールするようになったという失敗。

彼女といっしょにいることがたのしかったという失敗。

「ありがとう、朝日奈くん」

うつむいていると、山田真野の声が聞こえた。

「お礼を言いたい気持ちも、すこしはあるんだよ。弁護士に相談したら、私のほうが夫に慰謝料を請求できるって。あなたが携帯電話で撮った写真、浮気の証拠になるみたい。皮肉だね、計画してた方が、逆に慰謝料をとられるなんて。これも、朝日奈くん、あなたのおかげ。だから、ありがとう」

コーヒーの入ったカップを両手でつつみ、目をふせて彼女は言った。長いまつげが頬に影をおとしている。

「まさか、感謝されるとは……」

僕はすっかりおどろいてしまった。

「朝日奈くんの部屋に泊まった日、玄関から出なかったのも、私を守ろうとしたからだよね？」

僕はうなずく。哲雄先輩は深夜に山田真野と電話したとき、「吉祥寺の友人の家に泊まる」という情報を得て、それが僕の部屋であることを察した。もしも玄関から出ていたら、どこかにひそんでいた哲雄先輩に写真を撮られていただろう。興信所の人間が撮影したことにでもして、不貞の資料として提示し、慰謝料を請求されていたはずだ。

山田真野は、店の奥にあるガラス戸を見つめた。ガラス戸のむこうは明るい。地下にある店内で、そこだけ吹き抜けになっているようにも見えるが、照明でそのように演出されているのだ。植物がそだてられており、濃い緑色をしている。暗い洞窟の奥にさえ、光はさしこむのだと、想像をかきたてられる。

「一週間前、あなたたちの悪巧みを聞いた後、あなたのことは、顔も見たくないとおもった。ひとりの人間の心をもてあそんだのよ。お金目的でね。でも、あなたが、良い方にかんがえをあらためなかったら、私は、何もしらないままだった。旦那の正体も、あなたの本当の姿も。あなたたちのはじめたことは、いけないことだったけど、出来事は正しいところに落ち着いたとおもうの。それは、あなたのおかげなんだ」

山田真野は洞窟の奥で背筋をぴんとのばした。静謐《せいひつ》な空気が彼女のまわりに生じる。僕を正面から見つめて彼女は言った。

「だから、私はあなたのことを、ゆるします」

僕は厳粛に彼女の言葉をうけとめた。

梅雨前線が通過して暑くなった。僕の部屋にはエアコンがついていないので、窓を開けて網戸にして一日をすごした。アパート裏に生い茂っている雑草は日を追うごとに元気さをまして青々としげった。

山田真野は旦那と別居をして、前よりも自分の時間がとれない状態になった。弁護士とも話をしなくてはいけなかったし、離婚についての勉強もしていた。なによりも遠野がいた。

別居後、遠野は母親と暮らしていたのだが、突然、父親とはなればなれになったことがただしく理解できていなかった。僕は彼女のことを聞いて心を痛めた。山田真野はたびたび喫茶店のバイトをやすんで、娘といっしょの時間をすごした。

僕と山田真野の関係は切れることなく、細々とだが、つづいていた。といっても、短い空き時間に、たまに会って気晴らしの散歩をするというだけだった。

ある休日に、彼女が遠野をつれて吉祥寺にやってきた。三人で井の頭公園に行き、串団子を売店で買って食べた。アヒル型のボートにのってあそび、「この池の水が神田川になるんですよ」と山田真野におしえた。東京の街をながれて、歌にもなっている神田川の水源が、井の頭公園の池であることを、しっている人はすくない。公園内にある水門橋の上にたち、神田川のはじまりを三人でながめた。東京で暮らすおおぜいの人が、この川の水を見おろして、おもいにふけるのだ。その出発点に三人であつまっているというのは、不思議なものだった。

正午になると、山田真野のつくってきた弁当を食べた。弁当にはたこ足のウィンナーやいり卵などが入っており、おにぎりのなかに梅干しがこめられていた。食後に遠野が落ち葉をひろってあそびはじめると、僕と山田真野はベンチにならんで、齢《よわい》をかさねた老夫婦みたいに風景をながめた。

「夫とは、そのうちに離婚していたとおもうんだ」

彼女が言った。

「だから、裏切られたようなくやしさはない。ただ、ひたすらに、かなしい。結婚して、人間が一人、誕生するくらいの愛があったはずなのに、それがいつのまにか消えてなくなっている、というのが、かなしい」

気持ちのいいそよ風がふいて、髪の毛がふわりとゆれる。

「四国の実家に、帰ることにしたよ」

僕はうなずいた。木漏れ日のふりそそぐなかで、遠野が滑り台のまわりをかけまわっていた。幸福という概念を、ぎゅっと凝縮したような時間だった。


山田真野と遠野が四国に出発する日は、七月中旬の平日だった。

僕は正午前に、蟬の声とむし暑さで目がさめた。網戸ごしに雲ひとつない青空が見えた。彼女たちの乗る飛行機も、これなら安全に飛んでいくだろう。僕はバイトの関係で、羽田《はねだ》空港まで見送りに行くことができなかった。

着替えて外に出る用意をしていたら、玄関扉がノックされた。出てみると、山田真野が立っていた。彼女の後ろにタクシーが止まっており、後部座席に遠野の顔が見えた。

空港にむかう途中、吉祥寺の僕のアパートに立ち寄ったのだと、彼女は言った。羽田空港までタクシーで行くなんてリッチだな、という感想を彼女につたえると、最後くらい、いいでしょ、と彼女は言った。古いアパートの前で僕たちは立ち話をした。タクシーのそばにちかづいて窓ガラス越しに遠野と手をふってあそんだりもした。太陽がアスファルトをかがやかせており、僕たちは目をほそめた。陽炎《かげろう》ができて、電柱や塀がゆらめいていた。

「あなたのことを、私は何年も前に、芝居で見たことがあったんだ」

「ちいさな劇場でしたね」

「あれは偶然だったの？」

「いいえ。僕が一週間だけ哲雄先輩の部屋に居候したとき、舞台のチラシを置いていったんです。山田さんはたぶん、そのチラシを見て、芝居を観に来てくれたのだとおもいます」

「なんだ、そうか。奇跡みたいな偶然がおこったのかもしれないって、すこしだけ、おもってたんだ。ねえ、朝日奈くん、役者、つづけなよ。あなたのお芝居、印象にのこってる」

僕はうなずいた。

「劇団に復帰するのもいいかなって、かんがえてたところです」

「それがいい。それでこそ、朝日奈くんだよ。うちの旦那は、悪いやつだけど、あなたを居候させて、手助けしたことは、グッジョブだったね」

山田真野はそう言って、何かに気づいたような顔をして、たっぷり十秒間ほどかんがえると、おそるおそる口をひらいた。

「もしかしてさ、五年前に私たち、階段ですれちがってる？」

僕は、顔がにやつくのを、おさえられなかった。ようやく彼女は、おもいだしたのだ。哲雄先輩の部屋があるアパートの階段で、僕たちがたった一度だけ、すれちがっていたのだということを。

あのとき、気まずくてうつむいていたから、彼女は僕の顔が見えなかったのだろう。でも僕は、はっきりとおぼえている。一瞬だけ見えた、彼女の横顔を。すれちがった後、僕は彼女のほうをふりかえったのだ。それは秋のことで、アパートの階段に落ち葉がひっかかっていた。ブーツで枯れ葉を粉々にふみしめている彼女は格好良かった。遠野の母でもなければ、哲雄先輩の妻でもない、一人の女性として生きている山田真野だ。

「なんだ、そうか。あのときの……」

「僕たち、なんだか、すごい遠回りしてる感じですね」

「そうだね」

彼女はすこしだけわらった。それでいて、さみしそうだった。タクシーの運転席をちらりと確認する。運転手はカーナビの操作をして時間をつぶしていた。羽田空港までの道順を確認しているのだろう。飛行機の時間がせまっている。いつまでもここに引き止めておくわけにはいかない。彼女たちはこれから四国に行くのだ。実家で生活しながら、遠野はその近所にある保育園に通うという。

「むこうに行っても、電話やメールは、つながりますよね」

「うん、連絡する」

「もどってくるんですか、東京に」

「わからない。いろんなこと、片づけるために、東京には来るだろうけど」

「また住むわけではない?」

「頻繁に引っ越して、環境がかわるのも、遠野にわるいしね」

山田真野は視線をおとす。

「このおわかれが、一時的なものだったらいいなと、おもってるんだよ。それは本当。また、朝日奈くんと、吉祥寺を散歩したいよ。でも、保証はできない。もしかしたら、一生、むこうで暮らすことになるかも」

「僕は、東京でやりたいことがあるから、そっちに行きませんよ」

「わかった、それでいい」

「でも、むこうに住みはじめて、それでも僕のことが心にひっかかってたら」

「そのときは、もう一度……」

それから僕たちはお互いをだきしめた。腕にちからをこめて、相手の体をしめつけた。恋人たちがやるようなやさしい抱擁というよりは、嵐の中でふきとばされないように、相手の体にしがみついてるようだった。つよく、もっとつよくかき抱く。僕たちは泣くのをこらえている。息を押し殺して、言葉を発さずに、かなしみをこらえる。体をひきはなすのがこわかった。おそろしかった。この時間がすぎると、腕のなかにいるこの人は、遠くへ行くのだ。かつて兄の結婚式で神父が言った。いつまでものこるものは信仰と希望と愛で、一番すぐれているのは愛。けれど、僕たちの心の中は、どうしようもないほどはかない。永遠とか、絶対とか、そういうものはないのだ。愛があったはずなのに、それがいつのまにか消えてなくなっている。そう彼女は言った。僕もまた、あらゆることはすべてうつろうのだと覚悟している。きっと、ここにあるのは変化なのだ。それにまつわる、よろこびやかなしみだ。僕たちは不安でたまらない。今あるこの感情も、やがて希薄になっていくのだろうか。はなればなれになって、おぼえている輪郭も、声も、あいまいになっていくのだろうか。でも、もしもそうならなかったとしたら？　東京で暮らす自分の心にいつまでも彼女がいたとしたら？　四国で子どもをそだてている彼女の心が、何年たってもうつろうことなく澄みきっていたら？　そのときは、聖書に書いてある、いつまでものこるもの、の存在を信じられるかもしれない。くっついていた体をひきはなして、照れくさそうにしながら、山田真野はタクシーに乗りこんだ。遠野が窓ガラスをたたいて僕に手をふった。吉祥寺の上空に、初夏の空がひろがっている。雲ひとつない。これなら彼女たちの乗る飛行機も、安全に飛ぶだろうと、起きてから何度もかんがえていることを、もう一度、かんがえた。僕は道の真ん中で、遠ざかるタクシーを見送った。

解説 「ゆっくりゆっくり、あわてなくていいんだよ。」

星野真里《ほしのまり》

二年ほど前になるでしょうか。この小説の表題にもなっている『吉祥寺の朝日奈くん』の映画化のお話をいただきました。さっそく原作を手にとり読みました。私はとても不安になりました。そこに描かれている「山田真野《ヤマダマヤ》」という、私が演じることになるであろう女性の容姿があまりにも私とかけ離れていたからです。

「背の高い、細身で美人の女性店員」

「ベッドからはみだしそうなほど長い脚」

「アイメイクされた切れ長の目」

私の姿をなんとなく思い浮かべることができる方には、なるほどと少しうなずいていただき、まったくわからないとおっしゃる方には、その反対にいるような女性を想像していただけたらと思います。

これは本当に私にきたお仕事なのだろうか？　だれかと間違っているのではないかし

ら？

その不安を素直に制作の方々に伝えると「大丈夫ですよ」とやさしく微笑《ほほえ》まれ、そういうものかとこれまた素直に納得してしまった私は、この小説を愛する皆々さまにたいして、失礼なことをしてしまったのかもしれません。

しかしそれでもこの役を引き受けさせていただいたのにはわけがあり、もちろん私が単純すぎるということは否めませんがそれだけではなく、中田さんがつむぐ、やさしくてぬくもりすら感じられるこの居心地のよいお話の世界にはいってみたいという思いが強かったからなのです。

話すときも書くときもゆっくり考えながらの私は、ゆったりとした言葉に惹《ひ》かれます。中田さんの文はまさにそんな言葉たちの集まりで、ときに話し言葉としては丁寧《ていねい》すぎるだろうという言い回しも、私には安心感を与えてくれました。ゆっくりゆっくり、あわてなくていいんだよ。そう見守られているような気持ちになりました。

現実の世界の不安や焦《あせ》りから解放してくれるおだやかな時間。

それぞれの日常を生きる登場人物たちに起こるそれぞれにとっての特別なできごとは、その心を大きく動かして、今までの生活を少しだけ変えます。それはきっと他人から見たらわからないほどの変化です。もちろん読み手である私は知ることができるわけで、のぞいてしまってごめんなさいねと謝りつつ、彼らの行く末を追わずにはいられなくなりました。

この本に収録されている五つのお話、その登場人物たちは決して情熱的なセリフをいいません。その心の内をはっきりと明かすこともありません。それでも彼らの気持ちはわかります。いえ、それだからこそ強く伝わってくるのかもしれません。淡い恋のときめきや失恋の痛み。過去の心の傷と向かい合おうとする勇気や友達を思っての我慢。どうにもならないからだの悩みや気付かないうちに芽生《めば》えてしまった愛情などなど。大切な人がいるからこそ生まれるさまざまな葛藤《かっとう》。活字から生まれた彼らの、表の顔と裏の顔、そのどちらもはっきりと頭の中に浮かんできます。かつて自分も経験した、青春と呼ばれるあのころのいろいろな感情と重ね合わせて、一緒に照れたり、ふぅとため息をもらしたり。ゆっくりと、でも確実に変わり続ける恋模様。

と思いきや、待ちかまえていたまさかの展開。

ドキドキハラハラワクワクとは違う、幼い子供の話を聞いている時のようなやわらかい期待と、いつもよりほんの少し大きく息を吸い込んでしまうくらいの驚き。いえ、これはその程度でしかないということではなく、衝撃のある鋭い感情をそっと包み込んでくれる中田さんの語りゆえのことだと理解していただけたら幸いです。

どのお話にも用意されているにくい仕掛けは私たちの推理欲を刺激します。しかし私は、あえて先読みせずに素直にだまされることをお勧めいたします。やられたねと幸せな気持ちでいえる余韻をぜひ味わってください。

私の抱いた不安はいつの間にか、すてきな小説の映画化にかかわることができる喜びに変わりました。

撮影が行われたのは２０１１年3月12日から二週間ほどだったでしょうか。震災後の混乱がまだまだ残る吉祥寺での全編ロケ。日々深刻さを増す被害状況を耳にすると、こんなことをしている場合なのかと自問自答せずにはいられませんでした。きっと共演者やスタッフ誰もが自分が進むべき道はどこなのだろうと答えを探しながら取り組んでいたことでしょう。いくつもの変更を余儀《よぎ》なくされながらも、吉祥寺というまちに支えられ最後まで撮り終えることができました。本当にさまざまな思いのこもった作品になりました。

私にとって自分の生き方や仕事に対する姿勢などを改めて考えた大切な時間、それを共に過ごしたこのお話が文庫化されたこと、なんだか自分のことのようにうれしく思っています。特別な思いを抜きにしても、とても素敵な作品です。本を読み終えて幸せを感じるおだやかな輪がこれからも広がっていくことを願っています。

それと、小説と映画は別物ではありますが、好きなお話であればあるほど実写化への抵抗が大きくなるのは重々承知しておりますが、いつか映画の方もみていただけたら嬉しいです。

好きな人に、好きなものに、こんなにも堂々と好きだといえる機会を与えていただき、どうもありがとうございました。

（この作品『吉祥寺の朝日奈くん』は平成二十一年
十二月、小社より四六判で刊行されたものです）

吉祥寺の朝日奈くん

一〇〇字書評

切り取り線

購買動機（新聞、雑誌名を記入するか、あるいは○をつけてください）	
□（　　　　　　　　）の広告を見て	
□（　　　　　　　　）の書評を見て	
□ 知人のすすめで	□ タイトルに惹かれて
□ カバーが良かったから	□ 内容が面白そうだから
□ 好きな作家だから	□ 好きな分野の本だから

・最近、最も感銘を受けた作品名をお書き下さい

・あなたのお好きな作家名をお書き下さい

・その他、ご要望がありましたらお書き下さい

住所	〒				
氏名		職業		年齢	
Eメール	※携帯には配信できません	新刊情報等のメール配信を 希望する・しない			

この本の感想を、編集部までお寄せいただけたらありがたく存じます。今後の企画の参考にさせていただきます。Eメールでも結構です。

いただいた「一〇〇字書評」は、新聞・雑誌等に紹介させていただくことがあります。その場合はお礼として特製図書カードを差し上げます。

前ページの原稿用紙に書評をお書きの上、切り取り、左記までお送り下さい。宛先の住所は不要です。

なお、ご記入いただいたお名前、ご住所等は、書評紹介の事前了解、謝礼のお届けのためだけに利用し、そのほかの目的のために利用することはありません。

〒一〇一-八七〇一
祥伝社文庫編集長　坂口芳和
電話　〇三（三二六五）二〇八〇

祥伝社ホームページの「ブックレビュー」からも、書き込めます。
http://www.shodensha.co.jp/bookreview/

祥伝社文庫

吉祥寺《きちじょうじ》の朝日奈《あさひな》くん

平成24年12月20日　初版第1刷発行

著　者　中田《なかた》永一《えいいち》

発行者　竹内和芳

発行所　祥伝社《しょうでんしゃ》

東京都千代田区神田神保町3-3

〒101-8701

電話　03（3265）2081（販売部）

電話　03（3265）2080（編集部）

電話　03（3265）3622（業務部）

http://www.shodensha.co.jp/

印刷所　萩原印刷

製本所　積信堂

カバーフォーマットデザイン　芥 陽子

本書の無断複写は著作権法上での例外を除き禁じられています。また、代行業者など購入者以外の第三者による電子データ化及び電子書籍化は、たとえ個人や家庭内での利用でも著作権法違反です。

造本には十分注意しておりますが、万一、落丁・乱丁などの不良品がありましたら、「業務部」あてにお送り下さい。送料小社負担にてお取り替えいたします。ただし、古書店で購入されたものについてはお取り替え出来ません。

Printed in Japan ©2012, Eiichi Nakata ISBN978-4-396-33802-2

祥伝社文庫　今月の新刊

中田永一　**吉祥寺の朝日奈くん**

心情の瑞々しさが胸を打つ表題作等、せつない五つの恋愛模様。

新津きよみ　**記録魔**

見知らぬ女に依頼されたのは〝殺人の記録〟だった――

安達　瑶　**ざ・りべんじ**

〝復讐の女神〟による連続殺人に二重人格・竜二&大介が挑む！

藍川　京　**情事のツケ**

妻には言えない窮地に、一計を案じたのは不倫相手!?

白根　翼　**妻を寝とらば**

財政破綻の故郷で、親友の妻にして、初恋の人を救う方法とは!?

岡本さとる　**海より深し**　取次屋栄三

「三回は泣くと薦められた一冊」女子アナ中野さん、栄三に惚れる。

今井絵美子　**雪の声**　便り屋お葉日月抄

深川に身を寄せ合う温かさ。鉄火肌のお葉の啖呵が心地よい！

喜安幸夫　**隠密家族　逆襲**

若君の謀殺を阻止せよ！隠密一家対陰陽師の刺客。